W0388001

NARRATORI MODERNI

Dello stesso autore in edizione Garzanti:

Una finestra vistalago
La signorina Tecla Manzi
Un amore di zitella
La figlia del podestà
Il procuratore
Olive comprese
Il segreto di Ortelia
La modista
Dopo lunga e penosa malattia
Almeno il cappello
Pianoforte vendesi
La mamma del sole
Il meccanico Landru
La leggenda del morto contento
Zia Antonia sapeva di menta
Galeotto fu il collier
Regalo di nozze
Un bel sogno d'amore
Furto di luna (solo ebook)
Parola di cadavere (solo ebook)
Il rumore del Natale (solo ebook)

ANDREA VITALI

DI ILDE
CE N'È UNA SOLA

Garzanti

Prima edizione: ottobre 2013

Per essere informato sulle novità del Gruppo editoriale Mauri Spagnol visita:
www.illibraio.it
www.infinitestorie.it

Pubblicato in accordo con Factotum Agency, Milano

ISBN 978-88-11-67870-0

© 2013, Garzanti Libri S.r.l., Milano
Gruppo editoriale Mauri Spagnol

Printed in Italy

www.garzantilibri.it

DI ILDE CE N'È UNA SOLA

I personaggi e le situazioni raccontati in questo romanzo sono frutto di fantasia. I luoghi, invece, sono reali.

1.

Anche se era il mese di luglio, l'acqua del fiume era fredda.

Fredda gelida.

Raffaele lo sapeva da un pezzo ma gli importava poco. Anzi, preferiva così. Gli piaceva di più stare solo, coi piedi a mollo nel fiume, a guardarsi in giro, verso la cima della montagna o la riva opposta del lago, inventando giochi piuttosto che in mezzo agli altri bambini che affollavano il lido.

Non gli piaceva tuffarsi.

Non gli piaceva giocare a pallone.

E non gli piaceva, le rare volte che si mischiava con quelli, quando gli dicevano che era rachitico solo per il fatto di essere magro impicco, con due scapole che sembravano piccole ali, le gambe lunghe e secche e due ginocchia simili a due nodi.

Molto meglio il fiume, anche se l'acqua era gelida ed era impossibile starci a mollo.

Aveva imparato presto a fregare la mamma che non voleva che lui andasse a giocare lì.

Nel gruppo delle amiche che tutti i pomeriggi si radunavano al lido, sua madre era sempre la prima ad arrivare.

Due, due e mezza al massimo.

Usciva, e lui dietro, subito dopo che il papà, come al solito, era tornato al lavoro nello studio dell'ingegnere Cimnaghi. Lavava i piatti e usciva.

Ma non sempre. Perché se per qualche ragione avevano fatto tardi a tavola, la mamma impilava i piatti nell'acquaio e li lavava insieme con quelli della sera.
Ogni giorno così, anche la domenica. Con la differenza che la domenica il papà stava a casa perché non amava il sole. Guardava la televisione, lo sport, se ce n'era. Oppure, a volte, i piatti li lavava lui. Sennò dormiva.
Due, due e mezza al massimo quindi.
Giungevano al lido. Sua madre prendeva posizione su una sdraio e accendeva la prima sigaretta del pomeriggio. Regolarmente gli diceva di andare a giocare con gli altri bambini. Ce n'erano sempre. Alcuni, che sua madre chiamava «i figli di nessuno», addirittura passavano al lido l'intera giornata, giusto una scappata a casa per mangiare, a mezzogiorno, e poi via.
Lui, zitto, non rispondeva.
Si sedeva accanto a lei.
Cincischiava con la sabbia mentre lei fumava.
Strizzava gli occhi contro il sole.
Guardava senza interesse il gruppo dei bambini che giocavano a pallone in attesa che si facesse l'ora per il bagno.
Aspettava.
Aspettava che arrivasse la prima delle amiche di sua madre.
Era una che si chiamava Carla e in genere non si presentava mai dopo le tre. Brutta, grassa, senza figli. Non si vergognava di stare in costume anche se aveva le cosce che fregavano una contro l'altra e certi schifosi peli neri che le uscivano dalla parte bassa del costume. Non stava zitta un minuto. Quando arrivava stava già parlando di qualcosa o di qualcuno.
Allora sua madre tornava all'attacco.
«Ma vai a giocare, no?»
Raffaele entrava in azione in quel momento.
«Preferisco andare al fiume», rispondeva.

Lei sembrava non averlo nemmeno sentito.

«Va bene», diceva.

Sempre.

Buon per lui che sua madre, la Carla e quelle altre che arrivavano alla spicciolata avessero cose segrete da raccontarsi, cose che i bambini comunque non dovevano sentire.

«Sta' attento», aggiungeva poi sua madre, quando lui era già lontano. Una raccomandazione buttata lì un po' a caso. La Carla continuava a parlare e lei si accendeva l'ennesima sigaretta.

Fu quella domenica che, giungendo nei pressi del fiume, Raffaele la vide: una farfalla gigante.

Non poteva essere altro.

La vide staccarsi dalla passerella che entrava nell'Orrido, sotto la quale il fiume usciva dalla gola della montagna. La passerella era gremita di turisti in fila, multicolori e schiamazzanti, curiosi di vedere le rocce spaventose e l'acqua che schiumava e rimbombava passandogli in mezzo.

Evidentemente disturbata dalla ressa, la farfalla prese a scendere un po', con un volo incerto. Scese fino a incrociare un arbusto che cresceva tra le rocce. Raffaele si portò una mano alla fronte per vedere meglio, seguirne il volo. A tutta prima gli sembrò che la farfalla volesse appoggiarsi a un ramo della pianta.

Invece no.

Lo urtò piuttosto, rigirandosi su sé stessa, proseguendo quella che a Raffaele cominciò a sembrare una vera e propria caduta libera verso il basso, come se la farfalla avesse perduto il controllo.

Forse, rifletté, era malata.

O addirittura morta, si corresse quando, dopo averla persa di vista, la rivide mentre planava sulla superficie del fiume.

Raffaele diede uno sguardo in giro, caso mai ci fosse

qualcuno che lo stesse osservando. Perché a quel punto non poteva mollare. Non voleva e non poteva perdere l'occasione di una cattura come quella, che avrebbe fatto squittire di meraviglia quei cretini che lo prendevano in giro, stupidi che lo chiamavano *Raffele* perché non erano nemmeno capaci di pronunciare bene il suo nome.

Attese scrutando il pelo dell'acqua.

Controllò la scia della corrente.

La corsa del fiume a un certo punto si divideva in due tronchi per via di un grosso masso che era quasi al centro del suo letto.

Pregò di avere la fortuna che il tragitto della farfalla andasse a lambire la riva sulla quale era in attesa.

La rivide.

Navigava che sembrava appollaiata sulla superficie dell'acqua, proprio in direzione del masso che infine la nascose alla sua vista.

La perse, non la vedeva più.

Aspettò un paio di minuti. Niente. Era chiaro che quella straordinaria farfalla, morta di sicuro, si era incagliata contro il masso. Per prenderla non c'era altro da fare che andare lì.

Raffaele ci pensò un po'.

Non l'aveva mai fatto. Non si era mai spinto tanto dentro il fiume. Al massimo due, tre passi, l'acqua gelida fino alle ginocchia, e poi dietro front.

Se sua madre l'avesse saputo... Capace che non l'avrebbe più portato con sé, e allora addio fiume.

Però la mamma non c'era. Era persa nel cerchio delle sue amiche a parlare di chissà cosa e a fumare sigarette.

Non si sarebbe accorta di niente, pensò Raffaele.

Diede un'altra occhiata in giro.

Nessuno.

Ascoltò.

Le voci del lido erano lontane, schiacciate dalla calura del pomeriggio. E lo schiamazzo dei turisti sulla passerella, invisibili dietro la vegetazione, era coperto dal fragore della cascata.

Partì con cautela. Un passo dopo l'altro, sui sassi scivolosi del fondo, nell'acqua sempre più fredda.

In prossimità del masso la corrente si fece più forte. Dovette fermarsi, allargare le gambe per non perdere l'equilibrio. E per respirare. L'acqua, che ormai gli arrivava al torace, gli stava mozzando il fiato.

Il masso era a due passi.

Raffaele, immobile, guardò verso il fondo del fiume, cercando di capire se si abbassasse ancora, se ci fosse qualche buca, nel qual caso…

Aveva freddo.

Chiuse gli occhi.

Nel buio vide agitarsi pallini rossi e blu.

Si mosse, a occhi chiusi, le mani avanti, e toccò il masso.

Vi salì percependo con piacere il caldo che emanava. Poi finalmente la vide di nuovo.

La farfalla gigante era lì, appoggiata alla roccia, incapace di continuare la sua corsa verso il lago.

Ma che non fosse una farfalla gigante, come gli era sembrato quando l'aveva vista involarsi dalla passerella dell'Orrido, fu subito evidente anche ai suoi occhi di bambino.

2.

Come se avesse avuto un orologio in testa, Raffaele capiva sempre quando era l'ora di lasciare la riva del fiume e tornare da sua madre senza che lei lo dovesse cercare arrabbiandosi di conseguenza. Era una questione di luce che si appannava di foschia, di calore che intontiva.

A dargli la misura esatta della sua percezione era sua madre stessa, la scena che si ritrovava sotto gli occhi quando tornava: sua madre aveva sempre una mezza sigaretta in bocca e, sempre, diceva: «Finisco e poi andiamo».

Le sue amiche erano ancora tutte lì e parlavano, sovrapponendo la voce l'una all'altra, di quello che avrebbero fatto per cena.

Carne in scatola, tonno, una bella insalata, d'estate roba fresca e leggera. Poi una alla volta salutavano e si avviavano verso casa, la Carla sempre per ultima.

Sulla via del ritorno sua madre strascicava i piedi, come se fosse stanca. Faceva *cicciac* con le ciabatte a un ritmo diverso da quando andavano al lido, più lento. Una volta Raffaele le aveva chiesto perché andava così piano e lei aveva risposto che stare al sole stancava. Però non era mica come andare a scuola, che sei obbligato, aveva pensato Raffaele ma senza dirlo.

Quella sera Raffaele tenne per sé il segreto della sua scoperta. A tavola nessuno aveva voglia di parlare. La mamma era stanca per via del sole, il papà era rimbambito perché aveva dormito quasi tutto il pomeriggio.

Solo il giorno dopo, a mezzogiorno, approfittando di un'atmosfera francamente più allegra, decise di mostrare quello che aveva pescato nel fiume.

«Ho trovato questa roba ieri», disse.

«Fa' vedere», ordinò sua madre anticipando di un secondo il marito e pinzando tra due dita una carta d'identità ancora umida di acqua di fiume.

3.

Le decisioni in casa le prendeva il papà.

Poi la mamma, se non era d'accordo, le modificava.

Sulla carta d'identità che Raffaele aveva trovato nel fiume si innescò subito una discussione.

«Come, nel fiume?» sbottò il papà.

L'aveva detto e ripetuto mille volte che andare al fiume era pericoloso. C'erano annegate un sacco di persone, anche bambini, traditi da un gorgo, un mulinello, un passo falso sul fondo scivoloso. L'acqua poi era sempre fredda, poteva venire una congestione, uno svenimento, bloccarsi il cuore...

Il papà non osava dirlo, ma era tanto chiara quanto esplicita una precisa accusa all'indirizzo di sua moglie.

Dov'era lei mentre Raffaele andava al fiume?

E soprattutto perché diavolo lo lasciava andare a giocare in un posto così pericoloso?

La donna non si fece cogliere impreparata.

«Anche nel lago ne annegano», ribatté.

Anzi, aggiunse, secondo lei ne annegavano di più nel lago che nel fiume.

Il papà fece una faccia da santiddio.

Non era una questione di numeri, osservò.

Non era mica una gara a dove ne annegavano di più!

Senza tener conto che al lido perlomeno uno era sotto gli occhi di tutti e quindi, se succedeva qualcosa, c'era la possibilità di correre in soccorso.

«Va bene», sospirò allora la donna.

Se quello stesso giorno lo voleva portare lui…

«Ma che cazzate dici!» sbottò il papà.

E al lavoro?

Ci andava lei al posto suo?

La donna sorrise.

«Per me…» buttò lì.

Come dire che lei avrebbe rinunciato da subito a quei pomeriggi passati al lido. Mentiva, sapendo di farlo.

Mossa necessaria per spingere la discussione ad arrivare là dove voleva che arrivasse e così dare scacco matto alle ragioni del marito.

Il quale, cosa credeva?, proseguì.

Che lo facesse per sé di andare al lido tutti i pomeriggi, lasciando indietro i mestieri di casa che poi si trovava a dover fare sempre e comunque lei?

Fece una pausa, sorrise, cercando di dare una piega amara alle labbra.

«Per lui», disse poi.

Per lui lo faceva, indicando Raffaele che nel frattempo si era trasferito sul terrazzino di casa a far finta di giocare, ma senza perdere una parola dell'alterco.

Era per lui, rimarcò sua madre, che andava tutti i pomeriggi al lido. Per seguire i consigli del dottore che aveva ordinato sole, sole e ancora sole, allo scopo di rinforzare lo scheletro del ragazzo che era un po' rachitico.

Al sentire quella parola, Raffaele arrossì.

Un bambino rachitico doveva essere come il panorama che aveva sotto gli occhi in quel momento, indistinto per via della foschia, con le ossa fatte della stessa aria che stava respirando, molle e incerta, intrisa di umidità.

«Sole di mare, a dire il vero», invelenì sua madre.

Ma se in quella casa non c'erano abbastanza soldi da permettersi un paio di settimane in Liguria o sull'Adriatico, lei proprio non sapeva cosa farci.

Era il momento critico della discussione, Raffaele lo sapeva, non era la prima volta che sua madre tirava fuori l'argomento e parlava di «quella casa» come se non ci abitasse anche lei.

Per il papà, quello era il momento di fare retromarcia. Se no la mamma avrebbe cominciato a parlare di suo fratello, lo zio Venanzio, un geometra senza paura che l'aveva indovinata, s'era buttato nel mattone e aveva fatto fortuna.

Lì da vedere adesso l'impresa edile che aveva messo su.

Un'impresona!

Aveva sotto non sapeva nemmeno lei quanti operai. E motocarri, camion con il nome scritto sulla portiera.

E mandava al mare moglie e figlio un paio di mesi all'anno.

Quando la mamma parlava di suo fratello le veniva l'aureola. A Raffaele piaceva perché assomigliava a un angelo che era dipinto nella cappelletta dell'oratorio. Peccato che durasse poco, che l'immagine svanisse e la faccia della mamma tornasse a essere solo una bocca che ogni tanto sputacchiava parlando in fretta, un taglio umido che si apriva e chiudeva a scatti dentro un viso pallido e senza mimica, spietato perché, dopo lo zio Venanzio, la mamma parlava del papà e di quei tempi che ormai erano passati e adesso, ciao Rosina!, *còrec adrè.*

Ma a quei tempi!

A quei tempi non ci sarebbe voluto niente a convincere lo zio Venanzio a prendersi il papà come socio disegnatore. Erano i tempi in cui lo zio Venanzio stava mettendo insieme la ditta, cercava mano d'opera e personale specializzato. Una parola di lei nelle sue orecchie e il gioco sarebbe stato fatto.

Ma al papà era mancato il fegato.

Lo zio Venanzio aveva rischiato, il papà no.

Lo zio Venanzio aveva sfidato la sorte, il papà s'era accontentato del posto fisso. E piuttosto del parere di lei, aveva preferito ascoltare il parere del padrone, l'ingegnere Cimnaghi.

Il quale, chiamalo cretino!

Lui e i suoi avveduti consigli di merda!

«È un azzardo, un rischio, può andare bene come andare male. Il mondo dell'edilizia è pieno di squali, bisogna stare attenti, soprattutto se uno è nuovo del mestiere.»

Certo, stare attenti a non farsi scappare un servo fedele come il papà, un cagnolino capace di lavorare anche alla sera dopo cena e non beccare nemmeno una lira per gli straordinari.

Così, adesso, per far prendere un po' di sole al bambino bisognava portarlo al lido di Bellano mentre quasi tutti, al lido, ci andavano per mantenere l'abbronzatura che si erano fatti al mare.

Quel giorno, per fortuna, il papà fece retromarcia in tempo, così che la mamma risparmiò a entrambi la tirata sullo zio Venanzio e le sue fortune col mattone.

Raffaele capiva quando suo padre decideva di innestare la retro. Perché allora, in segno di vittoria, la mamma accendeva una sigaretta come se avesse intenzione di bruciare il mondo, e il papà non diceva niente per non provocarla mentre di solito, quando le acque erano calme, le proibiva di fumare in casa.

La mamma fece due belle boccate e soffiò il fumo con un rumore esagerato.

«Sarà meglio consegnarla ai carabinieri», disse il papà riferendosi alla carta d'identità.

Anche se era priva della fotografia, che evidentemente si era scollata essendo stata a mollo nell'acqua del fiume, e il nome fosse sconosciuto, sia a lui sia a lei.

4.

Era mezzanotte passata. L'aria era calda e umida. Da fuori venivano voci, grida, qualche abbaio di cani. La luce di un lampione filtrava tra le persiane accostate e disegnava sul soffitto della camera un triangolo.

Isoscele, pensò l'uomo.

Ma non era tanto sicuro.

Si era svegliato dopo un paio d'ore di sonno sudato, appiccicato alle lenzuola. Gli sarebbe piaciuto capire come mai sua moglie non facesse nemmeno una goccia di sudore. Dormiva pacifica, emanava odore di tabacco. Anche nel sonno aveva un viso incazzato.

Però abbronzato.

Il suo pensiero abbandonò il triangolo – sì sì, era proprio isoscele – e tornò alla carta d'identità.

Mica l'aveva consegnata.

Era ancora nella tasca interna destra della sua giacca.

Non che avesse timore di andare dai carabinieri. Non temeva loro in quanto tali, ma piuttosto le domande che gli avrebbero fatto.

Le facevano sempre, per dovere, per compilare i loro moduli.

Come, dove, quando, perché.

Gli sarebbe toccato rispondere.

Ieri, nel fiume, suo figlio di otto anni.

Una bella figura di merda.

Lo sapevano tutti, anche i sassi, che il fiume era pericoloso. C'era perfino un'ordinanza del sindaco che vietava la balneazione nelle acque del fiume. E loro due, padre e madre, ci lasciavano andare tranquillamente un bambino di otto anni?

Si sentì arrossire per la vergogna, la fronte gli si bagnò di nuovo sudore.

Una figura del genere coi carabinieri, no.

L'aveva trovata per terra, ecco.

Chiuse gli occhi e li aprì ancora. Il triangolo isoscele era sempre lì.

L'aveva trovata per terra...

Come, dove, quando, perché.

In ogni caso, domande.

E avrebbe dovuto mentire.

Ma per raccontare balle, ragionò, bisogna avere buona memoria, essere più furbo dei furbi.

Gli venne in mente suo cognato Venanzio.

Eccolo uno che sarebbe stato capace di farlo, di far su anche i carabinieri.

Ma lui no.

Si girò su un fianco, lasciò andare una scorreggia, sbuffò.

Proprio ai carabinieri andava a raccontare una balla!

Il triangolo isoscele scomparve di botto allo spegnimento automatico dei lampioni.

Erano le sei.

La luce già sfiancata dell'alba si fece largo nella camera. Gli unici contenti di un nuovo giorno erano i merli che cantavano già da un po'.

L'uomo fece piano piano. Alle sette uscì di casa. Moglie e figlio dormivano ancora.

Passando vicino alla buca delle lettere che c'era in piazza della stazione ci infilò la carta d'identità, lasciandola al suo destino.

A mezzogiorno sua moglie gliene chiese conto.

«Cos'hanno detto i carabinieri?» domandò scodellando una pasta scotta.

Raffaele si mise all'erta, era curioso anche lui di sapere: caspita!, i carabinieri.

«Niente», rispose il papà ingozzandosi con il primo boccone.

5.

A mezzogiorno l'aria era immobile, un brodo che toglieva la fame e la voglia di lavorare. Il colore del cielo sembrava una musica senza fantasia, faceva venire in mente il Vinavil. Anche il lago non aveva voglia di muoversi, stava lì che sembrava uno stagno, la sua acqua di plastica.

Dal bar della stazione usciva un parlare in dialetto e odore di fumo. Sopra, in stazione, un treno fischiò. Veniva voglia di non si sapeva cosa, perlomeno che venisse sera in fretta.

Il postino Romualdi, contro ogni regolamento, andava in giro in canottiera. Svuotò la cassetta delle lettere della stazione. Era la prima delle due raccolte quotidiane.

La trovò.

Non gli fece alcuna meraviglia, proprio nessuna. Gli era già capitato di trovare cose strane in mezzo alla posta. Soprattutto d'estate, quando anche i deficienti vanno in vacanza e da quelle parti se ne concentravano più del solito.

Una volta un topo morto.

Un'altra un biglietto anonimo con su scritto: «Il sindaco è un cretino».

Sennò tappi di sughero, mocci di sigaretta, la testa di un agone.

Addirittura un preservativo. Usato.

Spiritosi ce n'erano sempre in giro.

Carte d'identità, anche.

Non come quella, però.

Se la rigirò tra le mani, la osservò per bene. Il nome non gli diceva niente. Era senza fotografia.

Particolare interessante, rifletté il Romualdi. Chissà perché mancava.

Generalmente, il Romualdi lo sapeva per esperienza, se un ladro voleva restituire i documenti li lasciava intatti.

Staccare la foto, invece.

Perché?

In ogni caso non erano cazzi suoi, concluse tra sé. Star lì a perdere tempo con una cosa che non era di sua competenza e col caldo che faceva...

Già che era lì comodo, entrò nel bar della stazione e comandò un bel bicchiere di vino bianco freddo, da far gocciolare il vetro e buttarlo giù in due sorsi. Tutto sudore che spremette, spingendo sui pedali della bicicletta, nel tragitto dalla stazione all'ufficio postale per consegnare come le altre volte, non certo quella del topo morto e men che meno quella del preservativo, la carta d'identità a chi di dovere e che, per dovere, avrebbe dovuto provvedere al da fare.

Lui faceva solo il postino.

Consegnava, appunto.

6.

Il direttore dell'ufficio postale, Menichelli ragionier Demetrio, provvide subito.

Immediatamente.

Nel primissimo pomeriggio, non appena riaprirono gli uffici postali.

Affidò la carta d'identità all'impiegata Vera Delforte e le ordinò di recapitarla in municipio.

La Delforte si guardò bene dall'obiettare.

Ma non capiva perché se c'era da fare una commissione chiamavano sempre lei.

Il fatto è che odorava di minestrone, un afrore pervasivo che piano piano arrivava a saturare il piccolo locale dell'ufficio postale. Allontanandola anche solo per un po' gli impiegati, direttore compreso, potevano discutere liberamente su chi prima o poi dovesse affrontarla per dirle di comprarsi un deodorante e qualche camicetta o golfino che non fosse in acrilico.

La Delforte era in posta da un anno, era giovane ma vecchia di carattere. Parlava poco e quando lo faceva le capitava di rimpiangere i tempi di una volta.

«Ma una volta quale?» era sbottato in un'occasione di quelle il Menichelli.

Cosa poteva rimpiangere lei di quando non c'era ancora?

Che lo lasciasse dire a lui dei bei tempi di una volta, a lui, che era a un passo dalla pensione. E non voleva, quindi, grattamenti di coglioni, per piccoli che potessero essere.

E poi non era scritto da nessuna parte del regolamento postale che toccasse a lui fare ricerche, indagare, telefonare...

Lui era un semplice cittadino che, trovato un documento d'identità, non faceva altro che il suo dovere e lo consegnava all'autorità: amministrazione comunale o carabinieri.

Aveva scelto il municipio, preferiva così.

Era più logico.

Doveva essere di qualche vacanziere che l'aveva perduta e che sarebbe stato più facile reperire nel registro delle presenze.

Che, appunto, stava in municipio.

Nemmeno a lui era sfuggito il particolare che mancava la fotografia.

Cosa da carabinieri, forse.

Ma lasciava benevolmente al segretario comunale la valutazione di quella circostanza, e la conseguente decisione.

Tuttavia, casomai al segretario fosse scappata qualche obiezione o altro, ordinò alla Delforte di segnalare che la carta d'identità era stata reperita così, priva di foto.

Dopodiché, che se la smazzassero in comune. Rispondessero loro alle solite domande: come, dove, quando, perché.

Sempre che volessero avvisare i carabinieri.

7.

Il dottor Domenico Spizzicò, segretario comunale, non era proprio filiforme. Aveva anzi una bella pancia da monsignore. Gli piaceva stare a tavola, e in mezzo alle leggi.

In mezzo alle leggi ci stava bene come a tavola, come a casa, bello comodo.

Quando la Delforte gli consegnò la carta d'identità vide subito che mancava la fotografia.

La tenne un momento sotto gli occhi semichiusi. Il nome non lo conosceva.

Potrebbe essere contraffatta o anche solo uno scherzo, commentò a bassa voce.

L'impiegata delle poste abbozzò. Lo sguardo del segretario era indagatore, viaggiava. Un po' sul documento, un po' su di lei, sulle sue occhiaie viola come due acini di uva nera.

Voleva farle domande?

Le facesse.

Tanto lei non sapeva niente.

Solo che il direttore Menichelli le aveva ordinato di consegnarla a lui.

La Delforte si sentì le ascelle umide. Inspirò dal naso, inalò un denso odore di inchiostro, un odore che sapeva di noia, di cose vecchie.

Il segretario sorrise.

«Eh già», disse.

L'olezzo di minestrone non gli era ancora arrivato al naso.

Eh già, a quello, al direttore Menichelli, le rotture di coglioni non erano mai piaciute. Nemmeno il presidente di seggio aveva mai voluto fare, per il timore di andare incontro a qualche grana. A ogni tornata elettorale gli veniva la colite, come da certificato medico: una settimana di malattia, riposo, branda.

Figurarsi adesso che era a un passo dalla pensione.

Personalmente, al segretario Spizzicò il Menichelli non piaceva. Ma così, da un punto di vista generale, non poteva dargli tutti i torti.

«Va bene», disse.

Era un congedo?

La Delforte se lo chiese.

Il segretario glielo confermò.

«Vada pure.»

La guardò uscire, culo basso e magro, l'infelicità di trovarsela a letto.

Non appena in corridoio, la Delforte si toccò le ascelle, sentendole umide. Si portò le dita al naso.

Odoravano di cipolla.

D'altronde, con quel caldo...

Lo sguardo basso, come se temesse che qualcuno la fermasse per chiederle cosa ci facesse in giro a quell'ora, si avviò verso le poste.

Il segretario comunale aveva già messo da parte la carta d'identità. Tempo mezz'ora ed era sommersa da una pila di fogli, delibere, estratti della «Gazzetta Ufficiale».

Ci avrebbe pensato più tardi.

Allo Spizzicò, infatti, la carta d'identità tornò in mente solo verso le due della notte quando, per il caldo e un rognoso di cane che non la smetteva di fare versi come se lo stessero impiccando lentamente, si svegliò e cercò di riprendere il filo del sonno pensando al lavoro che lo aspettava.

Si appuntò a mente la carta d'identità tra le prime cose da sbrigare l'indomani.

Poi ascoltò.

Il cane doveva essere morto. E pace all'anima sua.

Allora si girò sul fianco, ma tanto non si riaddormentò.

8.

Nel registro delle presenze, dove venivano riportati i nomi degli ospiti negli alberghi del paese, non c'era.

Quindi voleva dire che non stava in nessuno dei tre: né al Meridiana, né all'Orrido, né al Cavallo Bianco.

Ma non significava niente.

Poteva essere ospite di qualcuno.

O semplicemente una di passaggio. Una, perché di nome femminile si trattava.

Comunque non era residente, comunicò Ivana Staffoletti, addetta all'anagrafe con una specie di delega per l'ufficio del commercio. Sapeva di chiesa e fumava sigarette al mentolo. Per dichiararla non residente non aveva nemmeno avuto bisogno di andare a consultare i registri. I bellanesi li conosceva tutti, uno per uno, dalla A alla Zeta. E comunque era scritto anche lì, sulla carta d'identità. Non se n'era accorto ancora nessuno?

«Se solo ci fosse la fotografia...» commentò.

Solo allora il segretario Spizzicò levò gli occhi sull'impiegata, fermando lo sguardo sul suo labbro superiore dove spuntavano radi peluzzi arricciati. Aspettava che adesso la Staffoletti venisse fuori con la storia dei vent'anni.

«Se solo ci fosse la fotografia magari l'avrei riconosciuta», disse l'impiegata.

Parente di questo o di quella. Insomma, vent'anni di servizio all'ufficio anagrafe non passavano mica per niente.

Ecco fatto, l'aveva detto.

"Vent'anni passano e basta", pensò il segretario senza sentirsi filosofo.

Stava di fatto che la foto non c'era.

«Quindi», disse, «inutile star qui a giocare coi se e coi ma.»

Il suo tono riportò le cose alla realtà, piedi per terra.

Un po' gonfi quelli dell'impiegata, per via di tutto lo stare in piedi a dare retta al pubblico.

La Staffoletti allargò le braccia, evidenziando due begli aloni di sudore. Non sapeva più cosa fare o dire. Un caso del genere non le era mai capitato, in vent'anni...

«Lo so, lo immagino», la interruppe il segretario.

In vent'anni di servizio all'ufficio anagrafe.

«È un bel mistero», commentò l'impiegata.

Ma per i misteri c'erano i carabinieri.

Anche se piccoli, o buffi.

I misteri, naturalmente.

9.

«Falsa direi di no. Ma lo dico così, maresciallo, tanto per dire. Non sono certo un esperto.»

«Se è per quello nemmeno io», ridacchiò all'altro capo del filo il maresciallo Massimino Pezzati.

Uomo piacevole, ragionevole, conciliante. Tre ottime ragioni per rompergli le balle il meno possibile. Cosa che il segretario Spizzicò si decise a fare perché non vedeva alternative, a meno di prendere quel documento, farlo a pezzetti e buttarlo nel cestino della carta straccia. E in effetti con la fantasia aveva fatto quel gesto almeno una decina di volte prima di decidersi a telefonare in caserma.

C'era quel particolare però, la mancanza della fotografia.

Poteva essersi semplicemente staccata, ma va' a sapere...

«Certo, certo», rispose il maresciallo.

Una bella voce, fonda, da radiodramma.

E aggiunse subito che, allo stato, denunce di smarrimento non ne erano ancora pervenute in caserma.

«Tenga conto però maresciallo che è cosa fresca. Potrebbe essere che la signora non se ne sia ancora accorta», lo informò il segretario.

«Ah!» fece il Pezzati.

«Cosa c'è?» chiese il segretario.

Niente di che.

Ma il maresciallo si era fatto l'idea che si trattasse di un uomo.

«Nella maggior parte dei casi sono gli uomini a perdere i documenti, carte d'identità o patenti», spiegò ridendo. «Oppure a farsi rubare il portafoglio.»

«Stavolta invece no», disse il segretario.

Cambiò orecchio, il destro era diventato rosso e caldo.

Si trattava di una donna.

Ilde Ratti, nata a Como il 17 agosto 1938, residente a Fino Mornasco (la residenza!, come aveva fatto a non vederla prima?), via Fratelli Bandiera 18, impiegata, coniugata...

«Ma allora...» sbottò il Pezzati interrompendo il rosario anagrafico dello Spizzicò.

Se la titolare del documento non era residente...

«Eh già, eh già», riprese a sua volta il segretario, «mi ero scordato di dirglielo», mentì, «le chiedo scusa.»

Perché, ovvio, che se 'sta Ilde quale che fosse il cognome non era residente, non stupiva che loro carabinieri non avessero ricevuto denunce di smarrimento. La competenza del caso era dei colleghi di Fino Mornasco.

Il segretario sbuffò. Il maresciallo comprese e andò in soccorso: non gli costava niente fare un colpo di telefono al comando che aveva Fino Mornasco nella sua giurisdizione.

«Non si preoccupi, segretario, ci penso io.»

«Non so come ringraziarla», disse lo Spizzicò guardando la pila di carte che lo aspettava.

«Ma si figuri...»

Se 'sta Ilde senza volto era una che semplicemente aveva perso la carta d'identità, il caso era già bello e chiuso.

Se invece era una criminale ricercata dalle polizie di mezzo mondo..., rise francamente il maresciallo.

Il segretario avrebbe riso anche lui volentieri, ma erano già le undici.

Ore stanche, pesanti. C'era davanti ancora tutta una giornata da sudare sul piombo di certe nuove leggine in materia amministrativa.

Deposta la cornetta, gli sembrò di avere in bocca il sapore di un vecchio armadio.

Poteva scommettere che avrebbe mangiato poco e senza appetito.

Colpa del caldo del lago, quell'umidità di merda.

Insomma, lui veniva da giù, il caldo dei paesi suoi era diverso. E poi nelle ore più calde giù non lavorava nessuno.

Aveva deposto la cornetta senza chiedere al Pezzati di fargli sapere qualcosa.

Ma in fin dei conti cosa gliene fregava?

Proprio niente.

10.

Al Pezzati piaceva scherzare.

Anche in casa, con sua moglie.

«Ma come fai con 'sto caldo?» gli chiedeva spesso lei.

Non solo quando scherzava, pure la sera, a letto, quando la cercava.

Poi non si negava mai.

Chiamò il carabiniere Scaramuccia, l'unico che aveva sottomano in caserma in quel momento.

«Sbrigati Scaramuccia, che c'è stato un omicidio, abbiamo un morto!»

Il carabiniere Scaramuccia di morti ammazzati non ne aveva mai visto uno in vita sua. Si fece sulla porta dell'ufficio del Pezzati già pallido.

«Comandi, maresciallo.»

«Perché ogni tanto non ti pigli un po' di sole?» gli chiese questi.

Il carabiniere restò interdetto.

«Vuoi sapere del morto?» chiese il Pezzati.

Scaramuccia fece sì con la testa.

«Falso allarme», comunicò il maresciallo. Niente morti. A preoccuparlo, semmai, erano, come sempre, i vivi. E tra costoro, in quel periodo, un certo Ernesto Tagliaferri. In paese lo chiamavano il Taglia. Lui se lo sentiva: prima o poi avrebbe dovuto occuparsene, perché la tempra selvatica di uno che si sarebbe messo nei guai il Taglia ce l'aveva, eccome.

Bisognava solo avere pazienza, il momento sarebbe arrivato senza doverlo andare a cercare.

Per adesso, invece, c'era la questione della carta d'identità ritrovata. Era forse andato qualcuno in caserma a denunciarne lo smarrimento?

«Controlla e fammelo sapere prima di mezzogiorno», chiese il Pezzati.

Perché a quell'ora, per lui, scoccava l'appuntamento col Campari al bar dell'Imbarcadero.

11.

Tra mezzogiorno e le due l'aria colava addosso alle persone come vernice.

Colava tra i vestiti e la pelle.

Sotto le palpebre.

Tra le dita delle mani.

Sulle parole.

Faticoso parlare, bisognava intendersi al volo, evitare di ripetersi.

Non era neanche aria quella, una pellicola piuttosto. Una pelle di ricambio. Una malinconia della notte, una specie di invidia per i morti.

Pensieri che poi passavano, bastava che si alzasse un po' di breva.

Se si alzava la breva, le cose cambiavano un po'. Allora, con un gioco di finestre mezze aperte e mezze chiuse, nelle stanze correva un filo d'aria.

Nell'ufficio del segretario quel gioco di correnti portava fresco, ma anche canzonette e odore di fritto dalla pizzeria sottostante.

Il juke-box, come di legge, era autorizzato e interno. Ma attaccato alla porta, aperta, era come se fosse fuori.

Il pizzarolo amava due canzoni soprattutto: *In the Summertime* e *Vagabondo*. Con cento lire lo faceva andare dalla mattina alle dieci fino alla sera alle sette. Cantava anche lui, *in de sammertà tararararà* e *vagabondo vagabondo*. A nastro continuo.

Poi c'era l'odore di pizza che al segretario, anche se era di giù, non piaceva neanche un po'.

Prendere o lasciare.

Crepare di caldo oppure nausearsi di odore di olio fritto e rifritto e intronarsi di *In the Summertime* e *Vagabondo.*

Alle sette di sera prese in mano la cornetta dopo averla guardata per un tempo che era durato quattro squilli.

12.

Neanche un filo di caldo nella voce del maresciallo Pezzati.

Ilde Ratti in Maltolti.

Niente da dire.

Persona tranquilla.

Sposata, senza figli.

Segretaria d'azienda.

Nemmeno i carabinieri di Fino Mornasco avevano ricevuto denuncia di smarrimento del documento d'identità.

Probabilmente non se n'era ancora accorta.

«E allora?» chiese il segretario.

Il maresciallo aveva già la risposta bella e pronta.

«Allora niente.»

Visto che non c'era alcun mistero da risolvere e che la carta d'identità era nelle mani del segretario, la cosa più semplice da fare era avvisare la donna che il documento era stato ritrovato.

Poi sarebbe stata sua cura andare a ritirarlo, oppure farselo spedire. Avrebbe deciso lei.

Tanto più che le sarebbe toccato rifarlo.

Buonasera maresciallo, allora.

«Buonasera a lei segretario», rispose il Pezzati, «e buone ferie!»

Lo Spizzicò sorrise alla cornetta.

«Ma quali?» ironizzò.

Il Pezzati non perse l'occasione.
«Sentivo musica in sottofondo...»
In de sammertà, tarararararà!
«...pensavo che ci fosse già.»
Il segretario mormorò qualcosa in dialetto di giù.
«*U capisti?*» chiese.
«Certo», fece il Pezzati ridendo.
«Buonasera allora. E grazie!»
«Dovere.»
E buonasera segretario.

Ormai l'ufficio era vuoto, l'aria già greve di odori di cucina. Il sole era ancora alto, maledetta l'ora legale e chi l'aveva inventata, che sembrava richiamare a sé dall'asfalto della strada, dai muri delle case, tutto il calore che si era schiantato sulla terra durante la giornata.

Giù, da dove veniva lui, a quell'ora si stavano facendo un bagno nel mare. Poi, di lì a qualche ora, si sarebbero fatti una cena a base di pesce fresco.

Perché non era rimasto giù?

Come se si fosse materializzata lì davanti a lui, il segretario Spizzicò si immaginò la Staffoletti con una sigaretta al mentolo tra le labbra che gli chiedeva perché non fosse rimasto giù, cosa credeva di trovare lì, se forse pensava che lì al Nord la gente fosse migliore di quella del Sud piuttosto che essere tutta pasta di Dio con il bene e il male mischiati dentro un po' così come veniva, come michette che alcune venivano belle cotte, alcune semicrude e alcune crude del tutto.

Perché non era rimasto giù?

«Lo so io e sono cazzi miei», rispose il segretario a mezza voce, e la Staffoletti svanì.

Rimpianti il segretario non ne aveva e rimorsi nemmeno. Aveva una sola voglia: andare a casa, farsi una bella doccia, mettersi le braghe corte.

La carta d'identità poteva aspettare fino al giorno dopo.

Come le filosofie della Staffoletti.

13.

Otto e mezza della mattina, il telefono squillò.

«Momento», mormorò Oscar Maltolti.

Lo lasciò suonare.

«Suona suona per me...» canticchiò.

Ma non era mica allegro. Anzi, si sentiva pieno di veleno. Se avesse morsicato il divano lo avrebbe ucciso.

Tanto sapeva chi lo stava chiamando.

E sapeva anche un'altra roba: fino a quando non avesse risposto il telefono avrebbe continuato a suonare.

Quindi conveniva prendersela con calma.

Si alzò dal divano lasciando una buca a testimoniare che era lì seduto dalle sette e mezza a fare niente. Ogni tanto guardare la parete di fronte, le piccole crepe che la percorrevano. Neanche cercare di prendere al volo le mosche che ronzavano in casa.

Niente.

«Drin drin, drin drin», cantilenò mentre si avvicinava all'apparecchio.

Strascinava i piedi come se avesse su le ciabatte e invece aveva le scarpe da lavoro, con la punta grossa.

Abitudine.

Per fare quella vita, pensò prima di prendere la cornetta, era meglio se restava marello. Ma tanto ormai era fatta, indietro non si poteva ritornare.

Oscar Maltolti, anni trentacinque.

Qualifica, operaio semplice.

Capace cioè di fare un po' di tutto ma niente di preciso.
Politicamente collocato per inerzia a sinistra.
Iscritto al sindacato, sissignore, tutti gli scioperi fatti, per obbedienza.
Così che, alla prima infornata di cassintegrati della PritMetal, sei mesi prima, gennaio 1970, si era trovato quasi in cima alla lista.
E meno male che sua moglie lavorava.
E lavorava ancora.
Anche lei alla PritMetal. Impiegata però. Segretaria d'azienda. Stipendio un po' più alto del suo anche prima, figurarsi adesso con la miseria che prendeva dalla cassa integrazione. E con delle belle gratifiche fuori busta se accettava di fare qualche sabato quando ce n'era bisogno.
Meno male, se no...
Meno male, sì, però...
Tutte le mattine quando, uscita la moglie alle sette precise, l'Oscar si trovava in casa con davanti le incombenze di una casalinga, inciampava sempre in quella rima.
In quel però.
Non gli sembrava giusto che un uomo come lui dovesse fare la parte della donna. Quando voleva confermarsi di essere davvero un uomo, il Maltolti si guardava le mani alle quali la limatura di ferro si era affezionata, incidendo stravaganti ghirigori sul palmo e sulle nocche.
Ma d'altronde comandava il capitale, e finché sua moglie avesse guadagnato più di lui, finché fosse stata lei a portare a casa la busta paga, finché grazie a lei si poteva mandare avanti la baracca perché con il suo sussidio di cassintegrato non ci si faceva quasi niente...
L'avesse avuto anche lui uno straccettino di diploma da far pesare invece di quella qualifica sul libretto di lavoro, operaio semplice, cioè capace di fare di tutto.
Che poi, appunto, era come dire capace di fare un cazzo di preciso.

14.

Drin, drin!

«Drin drin», ripeté l'Oscar.

Sorrise da solo. Poi, per farsi compagnia, si guardò nello specchietto del corridoio, quello incorniciato nell'attaccapanni. Libero di guardarsi lì dentro fino a quando tornava la Ilde, perché poi ci metteva sopra la giacchetta del lavoro.

Drin, drin!

Piano, che fa caldo.

Erano solo le otto e mezza, ma l'aria era già opaca. Le case di fronte sembravano più lontane. Si sudava a far niente. Guai aprire le finestre, entrava una specie di alito di cane.

Il Maltolti si annusò l'ascella, limatura di ferro anche lì. Forse aveva ragione la Ilde quando diceva che con lui nel letto sembrava di essere sempre sul lavoro.

Si frugò nel taschino della camiciola, trovò una mezza cicca, Alfa senza filtro, se la mise in bocca ma senza accenderla: proibito fumare in casa, soprattutto quelle sigarette lì, schifose, chc lasciavano puzza di osteria.

Drin, drin!

«Drin drin», fece ancora l'Oscar.

Era lì, in piedi, di lato al tavolino a tre gambe sul quale l'apparecchio telefonico squillava.

Lo guardò, un pensiero da scemi gli attraversò la mente: magari anche i telefoni sudavano.

«Tanto lo so chi sei», mormorò.
Era la Ilde che si era dimenticata qualcosa.
«Scommettiamo?» propose al silenzio della casa.

15.

La Ilde si dimenticava sempre qualcosa, soprattutto adesso che lavorava solo lei.

Aveva i pensieri per due, diceva, faceva fatica a pensare a tutto.

Anche prima, le aveva fatto notare l'Oscar una volta, anche prima, quando lavoravano tutti e due.

Ma prima era prima!

E morta lì.

In ogni caso prima, quando si dimenticava qualcosa, si arrangiava. Adesso invece telefonava.

E lui doveva scattare.

Era una meraviglia stare lì in casa ad aspettare che lei telefonasse per dire che si era dimenticata di prendere il Tigre (il detersivo, non i formaggini) o l'aceto o di portare in lavanderia la sua giacchetta da lavare a secco o di andarla a ritirare.

Una vera bellezza, pensare che lui era a casa da solo a fare niente tale e quale ai bambini in vacanza, ai pensionati, ai morti che aspettavano l'ora del funerale, o ai disoccupati, appunto.

D'altronde cosa poteva farci?

Ribellarsi?

Contro chi, contro cosa?

Contro il telefono!

Prendendolo in giro.

«Drin, drin.»

Poi rispondeva, pronto a dire che se ci aveva messo così tanto era perché stava da un'altra parte a fare un mestiere.

Ma si sudava anche a inventarsi le bugie.

16.

Rispose.

«Pronto!»

Pronto a ricevere l'ordine secco di andare a comperare questo o quell'altro.

La voce invece non era della Ilde. Era quella di un'impiegata del comune di Bellano. Così aveva detto.

L'Oscar si tolse la cicca dalla bocca.

Sbagliato numero, pensò.

La voce era fresca, come se fosse appena uscita da una piscina.

Cercava la signora Ilde Ratti.

«È mia moglie», rispose il Maltolti.

«Posso parlarle?» chiese quella.

«Non c'è», rispose l'Oscar, senza riuscire a frenare il tono della voce che si era fatto improvvisamente brusco, secco.

Come se quella gli avesse chiesto una giustificazione per il fatto che la Ilde non era in casa, obbligandolo a spiegare che sua moglie non c'era perché era al lavoro, perché era l'unica che lavorava in quella casa mentre lui non faceva un cazzo a parte guardare ogni tanto la parete di fronte al divano e uscire a fare la spesa.

E stare lì ad aspettare le telefonate, anche di quelle con la voce di acqua fresca che sbagliavano numero.

Era contenta adesso?

Voleva altro?

«Allora posso dire a lei?» chiese la voce fresca, imperlata di goccioline d'acqua dolce.

«Ma cosa?» chiese l'Oscar.

Che la carta d'identità di sua moglie era stata ritrovata.

Il Maltolti si rimise la cicca in bocca.

Cosa cazzo stava dicendo?

Poteva ripetere?

La bella voce insensibile alla cassa integrazione ripeté.

«Ma dove?» chiese l'Oscar.

«A Bellano», rispose la voce come se fosse la cosa più logica del mondo.

Dopodiché aggiunse se preferiva passare a ritirarla oppure che gliela spedissero, spese a carico. Presso gli uffici del comune di Fino Mornasco.

«Ah!» esclamò la voce, come se qualcuno per scherzo l'avesse schizzata dopo che si era asciugata: tenesse conto del fatto che era priva di fotografia ma che era stata ritrovata così. Poi tacque e si sdraiò a prendere un po' di sole aspettando una risposta.

La mezza cicca che l'Oscar aveva in bocca era diventata tutta umida di saliva, impossibile fumarla adesso. Il Maltolti se la tolse e la rimise nel taschino, si sarebbe asciugata lì.

«Bellano?» chiese poi.

«Sì», confermò la voce.

Di preciso l'Oscar non sapeva nemmeno dov'era.

Sul lago, bella forza. Sul ramo di qua, sul ramo di là, in mezzo...

La voce sbuffò nella cornetta, forse aveva caldo e voglia di farsi un altro bagnetto in piscina.

«Speditela», decise l'Oscar.

Bene, arrivederci, *tu-tu, tu-tu.*

L'Oscar abbassò la cornetta ma non la mise sulla forcella, la tenne in mano.

Poi la riportò all'orecchio, poi la riabbassò, poi la ritirò ancora su.

Bastava così poco per sudare. Un sudore caldo come sangue. Col dorso della mano l'Oscar si asciugò la fronte.

Solo che stringeva ancora la cornetta.

Ed era ancora di fronte allo specchietto dell'attaccapanni.

La cornetta gli spuntava dalla fronte rivolta all'insù.

Non era mica un bel vedere.

Si guardò per un po' e poi riattaccò, casomai la Ilde chiamasse come sempre o, addirittura, avesse già chiamato trovando occupato.

17.

Con la Ilde bisognava andarci piano.
Anche prima.
Sempre avuto un bel caratterino, pieno di aghi.
Sua suocera, che adesso era sottoterra e non sudava più, il giorno del matrimonio gli aveva detto: «Trattamela bene eh!».
Ma il carattere della Ilde era rimasto tale e quale, per un niente aveva la berretta in piedi.
Dopo, naturalmente, di più, da quando aveva preso in mano le finanze di famiglia.
Da allora, quando tornava a casa la sera...
Perché a mezzogiorno mangiava in mensa, ai tavoli degli impiegati.
Anche prima che lui finisse in cassa integrazione: lui al tavolo coi soci del turno a parlare di pesca, figa e balòn, lei al tavolo degli impiegati della cravatta a parlare di sailsignore che cosa.
Quando tornava a casa la sera, più o meno verso le sei, voleva fare il bagno, se era inverno, la doccia se era estate.
Poi cena, un po' di televisione e a nanna.
Parlava poco, men che meno del lavoro.
Rispondeva a mozziconi, anche con la bocca piena.
A letto, velo pietoso. Ma meglio così, in fin dei conti ci sarebbe mancato che scappasse fuori un bambino proprio adesso.
Cosa gli avrebbero dato da mangiare, l'aria?

L'aria si era scaldata.

Fuori, ma anche dentro casa.

Si vede che per quel giorno la Ilde non s'era dimenticata niente perché il telefono non suonò più.

Se no l'Oscar glielo avrebbe chiesto subito: come cazzo aveva fatto a perdere la carta d'identità a Bellano?

Per ingannare il tempo, l'Oscar decise di dare la caccia alle mosche. Con in mano una copia della «Gazzetta», comperata di nascosto due settimane prima per leggere del Milan e poi nascosta sotto il materasso, partì alla ventura.

Ma era distratto, i suoi colpi sempre in ritardo, non gli riuscì di prenderne una.

Solo sudore che gli colava dalla fronte, un caldo porco perché bisognava tenere le finestre chiuse e il telefono che continuava a stare muto.

Zitto e mosca!

Che andassero a cagare anche quelle.

Come cazzo aveva fatto la Ilde a perdere la carta d'identità a Bellano?

Il pomeriggio passò via con il sapore della carne Simmenthal sulle dita.

Un disastro di cicale esaltate, bolle nelle tubature dell'acqua, mosche mai stanche.

Quando il sole era a quattro dita dal tramonto...

L'Oscar aveva cominciato a misurarlo così, a partire da quando era a perpendicolo e si mangiava le ombre: dieci dita, poi nove e via così. Quando mancavano quattro dita o tre la Ilde era lì per arrivare.

A quattro dita dal tramonto l'Oscar si accorse che aveva lasciato in giro la «Gazzetta» e tornò a nasconderla sotto il materasso. Se la Ilde l'avesse vista lo avrebbe accusato di buttare via i soldi, umiliandolo ancora di più.

Invece bisognava che fosse bella calma, per quanto calma potesse stare la Ilde, perché le doveva chiedere come cazzo aveva fatto a perdere la carta d'identità a Bellano.

18.

Se non fosse arrivata a casa già incazzata di suo.

L'Oscar si era messo sul divano ad aspettarla, le gambe accavallate. Poi le aveva tirate giù, quando si era accorto che quella era una posizione da bar.

Tanto, inutile cercare la posizione giusta, perché la Ilde arrivò a casa con un diavolo per capello.

La porta sbattuta, ciao senza consonanti.

Era successo qualcosa?

Sì.

Cosa?

«Qualcosa!»

"Ahi!" pensò l'Oscar.

Meglio lasciarle fare prima la doccia.

Doccia.

I capelli bagnati della Ilde gli fecero venire in mente la voce bagnata di piscina che l'aveva chiamato al telefono quella mattina. La sua domanda era pronta, ma non era mica il momento. La precedenza a quello che era successo.

Era successo, disse la Ilde, seduta sul divano con addosso ancora l'accappatoio, le gambe un po' divaricate che si vedeva il pelo, che l'altra segretaria della PritMetal si era licenziata.

Così, di punto in bianco, senza nemmeno dare gli otto giorni come l'ultima delle serve.

«Ma non si può», osservò l'Oscar.

«Ah no?» fece la Ilde.

Ti fai dare otto giorni di malattia e sei a posto.

Lei aveva fatto così.

Restava a casa a fare la signora perché suo marito aveva trovato un posto di rappresentante di articoli per la casa, bello stipendio e provvigioni. Così d'ora in avanti a lei toccava anche il lavoro di quella là, perché alla PritMetal non aspettavano altro che ridurre l'organico al minimo indispensabile.

Prendere o lasciare quindi.

Di gente disposta a lavorare anche di notte, anche alla domenica pur di guadagnare qualcosa, c'era piena l'aria.

A guardarla dal punto di vista della sua ex collega, niente da dire, aveva fatto bene.

«Fossi stata nei suoi panni, avrei fatto così anch'io», affermò la Ilde.

Poi chiuse le gambe.

«Cosa guardi?»

Possibile...

Le parole della Ilde si fusero in una besciamella di soli suoni.

Lei continuava dicendo che non era possibile che mentre gli parlava di cose serie, problemi di come tirare la fine del mese, lui pensasse a quelle schifezze lì.

Lui ascoltava l'eco della sua voce incazzata pensando che era inutile fare incazzare ancora di più una Ilde già incazzata di suo.

Ma all'Oscar quella faccenda della carta d'identità prudeva sulla punta della lingua.

L'idea gli venne lì per lì.

Sentì di essere diventato furbo.

Uno furbo le cose le prendeva alla larga, alla lontana.

«Ma sì dai, non arrabbiarti», esordì.

Cazzata.

La Ilde era già arrabbiata.

«Vorrei vedere te», fece lei.

Lui, a fare il lavoro di due, stare in ditta anche il sabato, e non più come lavoro straordinario.

«Hai bisogno di rilassarti», proseguì l'Oscar, comprensivo.

La Ilde rise.

Una risata a cartadivetro. Sangue sulle gengive.

Non disse niente.

"Vieni, vieni", pensò l'Oscar.

Le stava preparando il trappolone.

«Si potrebbe fare una gita», sparò.

Una gita?

«Sì. Domenica, per esempio.»

«Una gita domenica?» ripeté la Ilde.

Poi rise. Ma come se vomitasse.

Una gita!

Ma come gli venivano in mente certe idee?

E poi, dove?

Era ora.

L'Oscar piazzò il colpo.

«A Bellano.»

«Dove?» chiese la Ilde con una faccia come se avesse di nuovo la nausea.

«Bellano», ribadì l'Oscar.

Sul lago.

Ma dove diavolo era?, chiese la Ilde.

E cosa c'era di così bello in quel posto?

E chi gli aveva messo in testa un'idea del genere?

Un'impiegata di quel comune, avrebbe voluto rispondere l'Oscar.

Una gita!

«Sì, così, per distrarci», spiegò lui.

«Ma va là», troncò lei.

Alla domenica a lei piaceva stare a letto, riposare, dormire finché ne aveva voglia. Farsi le unghie, lavarsi per bene i capelli, prendere il sole quando era stagione. Tutto quello che non poteva fare durante la settimana.

Altro che gite!
E poi a...
«Bellano», scandì l'Oscar.
«Con quel nome poi...» commentò la Ilde.
Niente gita, pensò l'Oscar.
Ma era come se l'avesse fatta.
Bastava la faccia della Ilde che non aveva mai sentito parlare di quel paese.
Un errore, quindi.
L'impiegata aveva detto o no che sulla carta d'identità mancava la fotografia?
Eccolo lì l'errore.
Quante Ilde Ratti c'erano a Fino Mornasco?
L'Oscar non lo sapeva.

19.

Quante Ilde Ratti?
E nate nello stesso giorno?
Nella camera da letto c'era il respiro della Ilde.
Sembrava quello di un cielo opaco, di un'acqua dura.
Il respiro di uno che si confessa.
All'Oscar vennero in mente i gatti che ci vedono bene anche di notte. Allora chiuse gli occhi e riprese a ragionare.
Quante, nate lo stesso giorno di sua moglie?
Un dettaglio, pensò.
Mica tanto, ribatté il respiro della Ilde.

20.

Mezz'ora prima l'Oscar era felice come un bambino.

La Ilde gli aveva detto no, non era la sera buona, lasciasse stare.

A lui sarebbe piaciuto combinare qualcosina.

Per la felicità.

Anche per ribadire il possesso.

A lei proprio no.

Era stanca, aveva detto.

Figurarsi, dopo una giornata come quella!

Figurarsi se aveva tempo e voglia per quelle cose lì.

Si era girata su un fianco, aveva spento la luce, in un amen si era addormentata.

Lui era rimasto lì come un pirla e col pirla in mezzo alle gambe che aveva impiegato la vita eterna a ritirarsi in buon ordine.

Nel buio che sapeva di zanzare e del respiro da fontana asciutta della Ilde.

Sveglio, a pensare e ripensare.

Alle domande, alle risposte.

Ai dettagli che non erano mica tanto dettagli.

A mezzanotte precisa, quando sentì il campanile della chiesa, l'Oscar decise che era il momento di entrare in azione.

21.

Doveva fare piano pianissimo.

Spesso, quando lui si alzava di notte per andare a pisciare, lei lo sentiva, si svegliava e si lamentava.

Glielo aveva sempre detto e raccomandato, nel caso, di non tirare lo sciacquone, di farlo al mattino, perché poi lei faticava a riprendere sonno.

Con quel caldo poi.

Pianissimo.

Fuori una gamba.

Uno sguardo alla Ilde.

Fuori l'altra.

Si sentiva stupido a camminare come una scimmia, ma d'altronde...

Se la Ilde si fosse accorta che lui andava a frugarle nella borsetta, apriti cielo!

Perché era quello che aveva intenzione di fare l'Oscar.

Verificare.

22.

Piano pianissimo, ma la Ilde lo sentì lo stesso.

"Va be'", pensò lei.

Se gli scappava non poteva mica proibirgli di pisciare.

Si sdraiò sul dorso, gli occhi aperti a guardare il soffitto. Sul viso si sentiva una mimica afflitta. Annusò, cercando nell'aria l'odore di limatura di ferro.

Aspettava l'odiato rumore dello sciacquone perché era sicura, nonostante tutte le raccomandazioni di non farlo, era sicura che l'Oscar l'avrebbe tirato.

Poi una volta tornato in camera e trovandola sveglia si sarebbe scusato: non lo faceva apposta, era un gesto automatico. Intanto però lei poteva dire addio al sonno.

La Ilde aspettò, ma o l'Oscar aveva la vescica di un cammello e allora ci voleva un quarto d'ora per svuotarla oppure...

Che stesse male?, pensò la Ilde.

E sbuffò. Ci voleva anche quella. Che l'Oscar stesse male e lei dovesse star su tutta notte, così il giorno dopo avrebbe avuto delle belle borse sotto gli occhi.

Si alzò per andare a vedere.

In bagno la luce era spenta.

Era un riguardo per lei, per il suo sonno.

Però al buio l'Oscar sbroffava tutto in giro, conciava il bagno uno schifo.

Cacciò dentro la testa, ma l'Oscar non c'era.

«Oscar!»

23.

'Catroia!

«Oh!» fece l'Oscar.

«Ma dove sei?»

Era vicino all'attaccapanni, davanti allo specchietto che non si vedeva perché come tutte le sere la Ilde ci aveva attaccato la giacchetta del lavoro.

«Qui», disse, e lasciò cadere nella borsetta il portafoglio.

«Ma qui dove?» chiese la Ilde.

«Qui», ribadì lui.

Generico.

Intanto si allontanò. Aveva visto quello che gli bastava.

Il vantaggio delle case piccole, ma piccole. Due passi ed era già in cucina. Così poteva essere preciso e sincero.

«Qui in cucina.»

La Ilde entrò. Una faccia da sonno. C'aveva addosso quasi niente. In quel mezzo buio faceva venire voglia.

«Ma cosa fai?» chiese.

Una voce da maestra che all'Oscar smorzò ogni vanità.

«Niente», rispose lui.

Non riusciva a dormire e allora aveva fatto due passi per farsi venire sonno.

«Mi hai fatto preoccupare», disse la Ilde.

L'Oscar sorrise nel buio.

«Mi dispiace.»

E poi: «Mi dispiace, tesoro».

Tesoro.

La Ilde non colse il tono caldo, appassionato. Non notò nemmeno la parola. Stava pensando al lavoro di due segretarie.

«Torno a letto», disse.

Sì, tesoro.

Lui sarebbe rimasto ancora un po' lì in cucina, a cercare il sonno. Se non dormiva di notte poteva dormire di giorno, gli aveva detto la Ilde una volta.

Si sedette, allungò le gambe sotto il tavolo. Incrociò le mani dietro la testa. Si sentiva bene lì al buio, a guardare la notte, in pace. La pace che l'aveva invaso prima quando, nel portafoglio della Ilde, nonostante il buio, aveva visto che la sua carta d'identità c'era.

Un errore, quindi.

L'aveva pensato, lui.

Voleva dire che a Fino Mornasco c'era un'altra Ilde Ratti nata lo stesso giorno di sua moglie.

Una bella coincidenza.

Ma la vita ne era piena.

Erano, come diceva sua madre, i casi della vita, inutile stare lì a chiedersi tanti perché e percome.

Con quella pace addosso era bello anche il caldo.

Caldo porco eh!, ma dopotutto era la sua stagione.

L'Oscar si stirò sulla sedia.

Non aveva più voglia di cercare il sonno. Sorrise. Se aveva voglia, che venisse il sonno a cercarlo. Lui stava bene così, nel buio della sua cucina che sembrava enorme, nello scomodo della sedia, ad abbronzarsi con la luce del lampione che aveva di fronte, bello felice come se prima la Ilde gliel'avesse data invece di dire no e girarsi sul fianco e dormire o anche adesso, togliendosi quel poco che aveva addosso.

Per l'Oscar quella notte avrebbe pure potuto non finire mai, il tempo fermarsi lì.

24.

Qualche giorno dopo, il comune di Fino Mornasco chiamò.

Erano sempre le nove della mattina, faceva sempre un caldo della madonna, l'aria era pallida anche dentro casa.

Drin, drin!

L'Oscar non se la prese comoda, nemmeno fece il verso al telefono.

Scattò.

Pronti, via!

Da un po' di giorni quel però che s'era sempre trovato tra i piedi tutte le mattine non lo intralciava più.

A dirla giusta, s'era preso un bello spavento. S'era fatto la fantasia che sua moglie…

Tutta colpa di quando aveva tirato su la mano con la cornetta per asciugarsi la fronte e s'era visto dentro lo specchietto. Cos'aveva pensato?

Una roba che se la Ilde l'avesse saputa gli avrebbe strappato la pelle dalla faccia.

Colpa sua, s'era detto l'Oscar.

Ma anche di tutte quelle lunghe ore vuote, piene di silenzi e di mosche, ore che gli toccava passare senza fare niente. Stare lì in casa, perché andare in giro ti guardavano come se fossi un lazzarone, ad aspettare che venisse la sera e la Ilde tornasse dal lavoro. I pensieri allora si sentivano liberi di andare dove volevano, anche dove non avrebbero dovuto andare.

Cazzo poteva farci?
Gli dispiaceva.
Gli dispiaceva di aver pensato quello che aveva pensato.
Così, la mattina dopo, aveva già coperto lo specchietto con un vecchio maglione.
Acqua passata, incidente chiuso.
Basta fare l'asino col telefono, al drin drin scattare.
Da quando aveva verificato, si sentiva in pace.
In grado di sopportare di più tutto quello che non gli piaceva ma che non poteva cambiare.
Compreso il nervoso della Ilde, che era sempre più elettrico.

25.

Per esempio gli aveva proibito di chiamarla tesoro.

Proprio la mattina dopo la notte della verifica. Lui era farcito di beata tranquillità che secondo la Ilde gli dava un'espressione un po' da scemo. Sudava amore. Sulla porta l'aveva salutata.

«Ciao, tesoro.»

La Ilde, che era già fuori due o tre metri, s'era fermata ed era tornata indietro.

Aveva detto che era una parola che non sopportava, le metteva allergia, che non stava bene nella bocca di un operaio, che le mogli di un operaio non sono *tesori*.

Lui era rimasto zitto.

Però aveva continuato a chiamarla tesoro nel pensiero e adesso, quando il telefono squillava, scattava.

Perché aveva voglia di sentire la voce della Ilde che gli ordinava di andare a comperare un detersivo o qualcosa del genere.

26.

Scattò.

«Ciao Ilde.»

Invece era un'impiegata del comune di Fino Mornasco.

Voce di palta, come se avesse fatto gargarismi con l'acqua di uno stagno.

La carta d'identità di sua moglie era arrivata.

Ma era da rifare, disse quella col fango sulla lingua. Servivano tre foto formato tessera e le firme.

L'Oscar la lasciò dire, gli veniva da ridere.

Quelli lì, ostia!, impiegati del pubblico impiego...

Insomma, non gli erano mai piaciuti. Si credevano chissà chi. Facevano un cazzo dalla mattina alla sera. E c'avevano sempre un tono...

Avesse potuto tornare indietro, magari un concorsino per un posto pubblico l'avrebbe fatto anche lui: pretura, posta, il comune. Il culo attaccato alla sedia con la colla e nemmeno l'ombra della cassa integrazione.

Ma tanto indietro non si poteva tornare.

Appena la lingua di palta finì di riempire la cornetta con le sue cazzate l'Oscar, calmo come un monsignore, sparò la botta.

«C'è un errore!»

"Te lo dice uno che è in cassa integrazione, faccia di merda", pensò.

Immaginò la faccia di quella che c'era dall'altra parte

del filo, che mangiava pane e fango ogni mattina per colazione.

Dalla cornetta uscì un sospiro di acqua morta.

«In che senso?»

L'Oscar fece la voce stanca, del tipo: te lo spiego una volta sola.

«Mia moglie non ha mai perso la carta d'identità.»

Era così difficile da capire, pesce di fogna?

Sarà stata un'altra Ilde Ratti.

Quanti Ratti c'erano a Fino Mornasco?

Due, quattro, dieci?

Cento, mille, duemila?

Che cazzo ne sapeva lui.

Lui faceva l'operaio semplice, non il pesce di fogna.

E nonostante non avesse il pezzettino di carta, riusciva a capire che bastava andare a consultare i registri o anche solo la rubrica telefonica.

Insomma, gliele doveva spiegare lui quelle cose?

«Ma...» interloquì quella.

«Oh insomma!» scattò l'Oscar.

Quella carta d'identità doveva essere di un'altra Ilde Ratti nata lo stesso giorno, poteva capitare, mica impossibile...

L'impiegata nel frattempo aveva preso una boccata d'acqua, s'era risciacquata la bocca.

Per dire: «Il fatto è che di Ilde Ratti nate il 17 agosto 1938 a noi risulta che ci sia solamente sua moglie. Oltretutto residente in via Fratelli Bandiera».

Poi fece un rumore con la lingua, come se avesse appena mangiato una prelibatezza.

Una palata di merda in faccia sarebbe stata preferibile per l'Oscar.

Residente lì.

Si girò d'istinto, come a cercare il fantasma o la fotocopia dell'altra Ilde Ratti nata lo stesso giorno e abitante lì.

C'aveva mica pensato.

Col dorso della mano che stringeva la cornetta si asciugò l'improvviso sudore della fronte.

Goccioline fini fini.

Lo stesso gesto di qualche giorno prima, davanti al maglioncino col quale aveva coperto lo specchietto.

Intanto dalla cornetta bolliva fuori ancora la voce di quella.

«Pronto, pronto, pronto...»

Il sudore dell'Oscar era la sua saliva marrone, i suoi sputacchi.

Era meglio se passava di volata in comune per vedere di chiarire la faccenda, fu il consiglio di quella prima di tornare a immergersi nel suo stagno di fango.

Figa, i dettagli!

27.

L'aria del municipio era grigia di polvere, c'era odore di carta e inchiostro, cioè fancazzismo puro.

«Sono il marito della Ilde Ratti», disse l'Oscar, solo una specie di gelatina nella voce.

Mia moglie è malata, stesa, trentotto di febbre: avrebbe risposto così se gli avessero chiesto perché era andato lui e non lei.

"Si dice andato o venuto?" si domandò l'Oscar.

Boh!

Ma tanto non gli chiesero niente.

«Lo dico al segretario», fece l'impiegata.

Aveva proprio una faccia da pesce, pesce morto. Sul viso il colore dei pesci quando sono morti e galleggiano a pancia in su. Aveva i denti gialli. Era bionda, sui quarant'anni.

Cosa c'entrava il segretario?

Quella, guardando l'aldilà, glielo spiegò subito.

C'entrava perché prima di tutto il segretario era un tipo nervoso, rigoroso, scrupoloso. Sul lavoro non perdonava niente a nessuno, nemmeno a sé stesso. Quindi, quando lui, poco prima, le aveva detto al telefono che sua moglie non aveva mai perso la carta d'identità, nella sua testa era suonato un campanellino. E aveva fatto una nuova verifica per essere certa certissima di non aver commesso errori di sorta. Dopodiché, forte della sua convinzione di essere nel giusto, si era rivolta al segretario perché comunque a lei sembrava che ci fosse qualcosa che non quadrava, e il segretario aveva detto che ci avrebbe pensato lui a chiarire personalmente la questione con la Ilde Ratti o chi per essa. Poi, finito di spiegare, l'impiegata fece strada verso l'ufficio del segretario invitando l'Oscar a seguirla in quanto chi per essa.

28.

«C'è niente di strano», disse il segretario.

Parlava a mitraglia.

Aveva una testa che sembrava un puntaspilli. Pareva venuto fuori da una comica. Invece era vivo, reale.

Non fiori ma opere di bene, pensò l'Oscar mentre il segretario gli comunicava che la verifica all'anagrafe era stata eseguita correttamente e dimostrava senza ombra di dubbio che di Ilde Ratti eccetera eccetera ce n'era solo una ed era sua moglie.

«Siamo d'accordo?» chiese.

L'Oscar, zitto.

Il documento, riprese il segretario, era lì, privo di fotografia per una ragione che lui non conosceva e quindi non poteva spiegare.

«In ogni caso non è compito mio farlo. D'accordo?» chiese il segretario.

L'Oscar, zitto.

Comunque, riprese il segretario, per farla breve, se la signora si fosse presentata con le tre foto necessarie gliel'avrebbero rifatta in tempi brevi e chiuso l'incidente.

«D'accordo?»

L'Oscar, zitto.

«Ah!» riprese il segretario.

Ricordarsi di una cosa.

Ritirare la denuncia di smarrimento fatta ai carabinieri.

L'Oscar lasciò andare un respiro.

Riuscì a mormorare.
«I caramba?»
Il segretario puntualizzò.
«Carabinieri, se non le dispiace.»
Facile che c'avesse un parente con le strisce sui pantaloni, scappò di pensare all'Oscar. Ma poi tornò concentrato perché il segretario era salito in cattedra.
Bisognava sempre denunciare lo smarrimento di un documento, carta d'identità, patente, passaporto eccetera eccetera.
Però l'Oscar non credeva che sua moglie avesse fatto la denuncia.
«Male», disse il segretario.
«Però...» fece l'Oscar.
«Però», il segretario, senza nemmeno guardarlo, «potrebbe darsi che sua moglie non si sia accorta dello smarrimento e poi, una volta avvisata del ritrovamento, abbia ritenuto inutile provvedere alla necessaria denuncia.»
«Eh già», soffiò l'Oscar.
«Sarà così», disse il segretario col tono di voler chiudere il discorso.
"Eh sì eh!" commentò l'Oscar tra sé.
Ma distratto nuovamente da un pensiero che aveva cominciato a ballargli in testa, un pensiero a forma di documento d'identità come quello che aveva intravisto nel portafoglio della Ilde la notte in cui aveva effettuato la verifica.

29.

L'impiegata che mangiava fango gliela restituì.

Quando la Ilde Ratti si fosse presentata per fare il documento nuovo l'avrebbe ritirata e distrutta.

Così recitava il regolamento.

L'Oscar la mise in tasca e la tenne lì per un po'. Non tornò subito a casa. Stette in giro. Era un dente che faceva male. Ogni due minuti la tirava fuori e la guardava.

Leggeva il nome, Ilde Ratti eccetera eccetera.

Nata eccetera eccetera.

Anche residente.

In giro c'erano solo pensionati, bambini e lui.

I pensionati camminavano a passi brevi, i bambini correvano di qui e di là, lui non sapeva neanche dove stava andando. Le foglie degli alberi pendevano verso terra come se chiedessero di essere staccate. L'asfalto aveva un odore che faceva venire in mente uno stadio vuoto.

L'Oscar andava e pensava.

Sembrava uno scappato dal manicomio.

Ogni tanto tirava fuori la carta d'identità, leggeva: Ilde Ratti eccetera eccetera, residente eccetera eccetera. Guardava il quadrato dove mancava la foto.

Toccava agire.

Camminò.

Sudò pensando che doveva fare qualcosa.

Quando?

Quella stessa sera.

Come?
Sbattendole sotto il naso la carta d'identità.
Chiedendo spiegazioni.
Poi succedesse quello che doveva.

30.

Successe che la Ilde tornò a casa incazzata come una biscia. L'avrebbe capito anche un cieco perché sbatté tutte le porte che trovò.

Patapàm, quella d'entrata.

Patapàm, quella del cesso.

Patapàm, quella della cucina.

Patapàm, quella della camera da letto.

Fine delle porte.

Lui era lì che aspettava ma fu la Ilde a partire in tromba.

«Si può sapere dove sei stato tutta la mattina?»

Ma era chiedere quello?

No.

Infatti.

Non era una domanda che aspettava risposta.

Dovunque fosse, era chiaro che non era dove doveva essere.

Neanche il tempo di pensare se fosse una specie di indovinello.

Lei, insomma, lavorava!

Per due!

Per tre, anzi, se si contava che doveva fare anche il lavoro di quella che si era licenziata e adesso era a casa a fare la signora!

E credeva...

«Credevo!» sottolineò la Ilde.

...di avere diritto a un po' di collaborazione.

«Sì o no?»
Anche quella era una domanda che non aspettava risposta.
Perché: «Invece no!» gridò la Ilde.
Lei lavorava e lui chissà dov'era.
Telefonava a casa perché aveva bisogno e lui chissà dov'era.
«Dov'eri?» gridò la Ilde.
Oscar borbottò qualcosa...
«Non mi interessa», chiuse lì la Ilde.
Lei adesso aveva mal di testa, voleva solo dormire, per la cena che si arrangiasse.
Patapàm, la porta della camera da letto.
L'Oscar si arrangiò. Una fetta di pane e un resto di taleggio. Andarono giù a strangoloni. Acqua del rubinetto, quasi tutto cloro.
Poi si fece buio, la notte crebbe, caldo, umidità. Un'umidità della madonna.
All'Oscar, nonostante i pensieri, venne sonno.

31.

Il divano era scomodo.
Un divanetto.
Divanetto per due, seduti però.
Seconda mano, un avanzo di fiere.
Non era lungo abbastanza per sdraiarsi.
Ci si poteva fare al massimo un sonnellino.
Dormire come si deve, no.
Così come gli era venuto, il sonno se ne andò.
Se l'era preso tutto la Ilde.
Il respiro della Ilde che dormiva era bello come la prima volta che l'aveva vista, nel cortile della PritMetal.
Di mattina.
Lui s'era spostato per non calpestarle l'ombra.
L'Oscar contò le ore, i minuti, i secondi. All'una decise di aspettare ancora un po'. Alle due partì, deciso.
Deciso ma silenzioso.
Immaginò di essere un ladro, un ladro che rubava in casa propria.
Filò tutto liscio.
Prese la carta d'identità dal portafoglio della Ilde e se la mise in tasca, a far compagnia all'altra.
Vinse la curiosità di andare subito a guardare, non voleva accendere la luce.
Guai a svegliare la Ilde a quell'ora.
Si rimise sul divano, riprendendo a contare secondi, minuti, ore.

Domani, con comodo...
«Oggi anzi», ragionò.
Fra poche ore.
Con comodo.
Avrebbe avuto tutto il tempo per effettuare i suoi riscontri e fare i suoi ragionamenti.
Poi, prove alla mano, sarebbe venuto il turno della Ilde.

32.

La mattina successiva il telefono non suonò.

Meno male.

Meno male per lei, pensò l'Oscar. Per la Ilde. Non riusciva a immaginare come avrebbe reagito al sentire la sua voce.

Ma meno male anche per lui.

Aveva bisogno di un po' di tempo per definire il quadro della situazione, chiarirlo fin nei minimi particolari.

Renderlo inattaccabile.

Perché, porca puttana!

Cos'era, se non quello?

Cosa cazzo ci faceva, se no, nella borsetta della Ilde la carta d'identità di Aurelio Berghetti, geometra, residente a Vertemate con Minoprio in via Corridoni 11?

Ma poi non si diceva *giometra*? Un errore sulla carta d'identità? Possibile.

Eccoli lì, quelli del pubblico impiego! Fare un cazzo dalla mattina alla sera, sbagliare le cose più facili tanto nessuno se ne accorgeva e se qualcuno se ne accorgeva la colpa era sempre degli altri...

In ogni caso, come cazzo c'era finita?

Adesso era come avere due denti che facevano male. Perché tra l'altro quel Berghetti del cazzo era del '25, dieci anni più di lui!

Da Fino Mornasco a Vertemate con Minoprio, calcolò l'Oscar, non ci voleva molto. Un tre chilometri, così a occhio, più o meno. Quanto, non lo sapeva di preciso, ma il tempo non gli mancava.

Ci avrebbe messo quello che ci voleva.

E se il telefono avesse suonato..., che suonasse pure, telefono di merda.

33.

Alle dieci del mattino su Vertemate con Minoprio c'era una specie di aerosol.

Un lenzuolo di umidità che colava come vernice fresca, impastava lo sguardo, le parole, i pensieri. Infatti tutti quelli cui l'Oscar chiese dove fosse via Corridoni gli risposero di su di giù, di qua di là, senza che nessuno gli dicesse dove con esattezza. Uno gli chiese perfino se era sicuro del nome.

L'ultimo gli domandò chi cercasse.

«Il *giometra* Berghetti.»

«Ah!» fece quello in risposta.

Allora, come se avesse paura di far perdere tempo al *giometra*, gli spiegò in quattro e quattr'otto dove fosse la casa di quello che cercava.

Che in casa però non c'era.

Glielo spiegò una, forse la moglie.

Una che rimase sulla porta di casa e non gli aprì nemmeno il cancello, lasciando tra loro due il vialetto che conduceva all'ingresso e che tagliava un prato perfetto e una sommessa voce di cane invisibile.

Aveva in testa una piramide di bigodini.

Sembravano maccheroni.

Gli rispose usando un tono come se lui fosse uno zingaro. Gli disse che il *giometra* in casa non c'era. Che se lui ne aveva bisogno per una questione di lavoro doveva cercarlo da un'altra parte. Sempre che fosse davvero una questione di lavoro come aveva detto, mentendo, perché era una bella pretesa pensare di trovarlo in casa alle undici della mattina.

Alle undici della mattina, uno che lavorava!

La gente che lavorava alle undici della mattina era al lavoro, semplice.

Il *giometra* sarà stato in qualche cantiere, ne aveva tre o quattro in giro, che provasse a chiedere in ufficio, lì a Vertemate, via Fogazzaro 13.

Che andasse lì e chiedesse. Lei non sapeva mai dove fosse suo marito, sempre in giro. A lavorare.

L'Oscar rispose va bene, grazie, incantato a guardare la piramide di maccheroni che la moglie del *giometra*, perché era la moglie, visto che parlava di lui come del marito, aveva in testa, mentre la donna, senza dire altro, si girò e sparì dietro la porta.

L'Oscar tirò su col naso e gli sembrò di sentire l'odore.

Moquette.

In quella casa doveva esserci moquette dappertutto. Sulle pareti, sui piatti, nella tazza del cesso.

Anche sulla lingua di quella.

L'Oscar ripartì.

Aveva già dimenticato l'indirizzo dello studio del *giometra*, ma tanto non serviva. Sarebbe bastato chiedere dove fosse lo studio del *giometra* Berghetti.

Infatti.

34.

Il *giometra.*

Il *giometra* non c'era.

A parlare era appena stata una che aveva detto di essere la sua segretaria.

Sbiadita, réclame di qualche malattia.

Aveva anche una tetta più grossa dell'altra, si vedeva bene sotto la maglietta attillata, e due begli aloni di sudore alle ascelle.

«Sarà su in qualche cantiere», lo informò.

Parlava come se avesse in bocca una patata cruda e non avesse alcuna intenzione di masticarla o sputarla fuori.

Se aveva bisogno di qualcosa..., disse ancora quella.

L'Oscar aveva bisogno del *giometra* in persona.

E allora, disse quella dopo averci pensato un attimo, che si sedesse. C'era una sedia in un angolo, di plastica, di quelle del bar.

Si sedesse e aspettasse.

Il *giometra* tornava sempre verso mezzogiorno, massimo dodici e mezza. Andava a mangiare in una trattoria lì vicino.

Per non vedere quella coi maccheroni in testa, pensò l'Oscar.

35.

L'Oscar seguì l'invito della sbiadita, si sedette.

Aveva un po' di tempo, ne approfittò per riflettere.

In fin dei conti era uno che si sapeva adeguare alle situazioni, un operaio semplice, capace di fare un po' di tutto. Sarebbe bastato vedere dov'era finito, cosa gli era successo all'inizio dell'anno: lui a fare il casalingo e la Ilde a guadagnare la busta paga.

Si sapeva adeguare anche ai linguaggi.

Cosa gli avrebbe detto, al *giometra*?

Che lui era il marito della Ilde Ratti, che era andato lì a riportargli la sua carta d'identità, che voleva sapere com'era finita nella borsetta di sua moglie e se per caso non sapeva anche dirgli come mai quella della Ilde era finita a Bellano e perché l'avessero trovata senza fotografia?

E lui, il *giometra*, cosa poteva rispondergli?

Grazie, molto gentile, posso offrirle qualcosa da bere?

O invece che lui non ne sapeva niente, che non sapeva neanche chi fosse questa Ilde Ratti, che non ne aveva mai sentito parlare, che non aveva la minima idea di come lui potesse avere in mano la sua carta d'identità e che se mai era proprio lui, l'Oscar, a dovergli dare delle spiegazioni?

Se gli avesse detto che allora, tanto per chiarire la situazione, adesso avrebbe chiamato i carabinieri così poi si vedeva chi aveva torto o ragione?

Se non stava attento, ragionò l'Oscar, c'era il caso di mettersi in qualche casino.

Invece a lui interessava solo arrivare a capire le cose e poi sbattere le prove sotto il naso della Ilde, che così non poteva dire neanche be'.

Doveva farla da furbo, far su il *giometra.*

Ci pensò, mentre ogni tanto la sbiadita lo guardava con la testa storta, che pendeva dalla parte della tetta più grossa.

Ci pensò fino a che ebbe l'idea.

Di mestiere, inventò, faceva lo spazzino.

Ed era celibe.

Uno spazzino celibe. Non aveva neanche la fede. Non la portava di suo. Motivi professionali. Per i meccanici la fede al dito ci stava come una ghigliottina pronta a scattare alla prima occasione.

36.

Il *giometra* arrivò puntuale.

Quella con le tette dispari guardò verso una finestra coi vetri sporchi dietro di sé. Riconosceva il motore dell'alfone scarburato del *giometra.*

Cominciò ad aprire e chiudere cassetti come per sistemare robe.

«Eccolo», disse.

Dodici e mezza, il *giometra* entrò in ufficio.

Vide l'Oscar seduto, lo guardò come se fosse un soprammobile.

«Novità?» chiese alla sbiadita.

Tra le tante novità, che non erano affari dell'Oscar, la sbiadita gli disse che c'era anche quella seduta lì nell'angolo.

Aveva bisogno personalmente e privatamente. Lo disse come se avesse avuto in bocca da lungo tempo una scorreggia.

Il *giometra* sorrise.

Fràcercotti li chiamava quelli lì.

«Te gliel'hai detto che se cerca lavoro non assumiamo, siamo completi?»

Tono di voce alto, come se l'Oscar non fosse stato lì. Fregava un cazzo, era in casa sua. Voleva neanche parlarci con quei deserti lì, toccava alla segretaria levarglieli dai coglioni.

«No», rispose la sbiadita.

Perché a dire la verità quello non le aveva parlato di lavoro.

Cosa voleva allora il morto di fame?, fu il pensiero del *giometra.*

Morto di fame, proprio.

Era esattamente quello che l'Oscar sembrava.

Lui non lo sapeva perché non s'era mai guardato pensando di essere un morto di fame.

Però avrebbe dovuto farlo.

Sei mesi di cassa integrazione e vita domestica l'avevano cambiato, dimagrito e impallidito. Gli avevano tolto lo smalto. La barba fatta così e così. Una camiciola scozzese, maniche corte, che stava meglio in mezzo a un prato sfalciato o sulla cima di una montagna. Le braghe lunghe, blu, che facevano tanto officina, mettevano il magone solo a vederle.

Poi c'era il sudore, che non era quello di chi lavorava.

D'altronde faceva caldo per tutti.

Il *giometra* invece splendeva.

Alto, magro, muscoloso, abbronzato.

L'occhio azzurro, vivo.

Due mani che...

Chissà la Ilde con addosso quelle due mani!

«Allora?» fece il *giometra.*

Parlava con lui. S'era girato ma lo guardava un po' sopra gli occhi, in mezzo alla fronte.

L'Oscar stava pensando che andare a sberle con quelle due mani c'era solo da farsi male.

La domanda del *giometra* gli arrivò alle orecchie con qualche istante di ritardo. Quella con le tette dispari lo stava guardando come se dovesse addormentarsi da un momento all'altro.

L'Oscar si alzò.

«Se posso parlarle in privato», esordì.

Il *giometra* sbuffò, guardò l'orologio.

Poteva dargli dieci minuti, disse.

Poi aveva un impegno, spiegò. Anche se non doveva spiegare niente a nessuno.

Sì, accennò l'Oscar, lo sapeva.

Un impegno con la trattoria per non dover mangiare di fronte a quella coi maccheroni in testa.

37.

Nell'ufficio del *giometra* c'erano foto di cantieri alle pareti.

In bianco e nero.

Una anche con veduta aerea.

Nell'aria dominava il sapore della polvere, sul pavimento tracce di scarponi, sulla scrivania rotoli di mappe, disegni, progetti.

C'era una sola sedia, quella del *giometra*. Come dire che lì dentro comandava e parlava solo lui.

Chissà le balle che raccontava a quella dei maccheroni, pensò l'Oscar.

Ma il *giometra* non gli permise di andare avanti con le fantasie.

«Cià», fece, «cosa vuoi?»

Non si era neanche seduto.

Era passato dal lei al tu.

Sapeva lui come andava trattata certa gente.

38.

Toccava all'Oscar.

Cominciò dicendo che faceva lo spazzino comunale.

Sulla faccia del *giometra* calò un'espressione che voleva dire cosa me ne frega.

L'Oscar non si aspettava mica che gli facesse i complimenti. Infatti andò avanti bello tranquillo e aggiunse che lavorava alle dipendenze del comune di Fino Mornasco.

E la faccia del *giometra* si incantò via per un attimo, fece le rughe sulla fronte.

«Fino Mornasco?» disse, come se non sapesse dov'era.

«Sì», confermò l'Oscar, che intanto mise via la prima prova.

Al *giometra* spazzino comunale non diceva niente, ma Fino Mornasco sì. Le rughe sulla fronte del *giometra* durarono pochi secondi, le vide solo l'Oscar. Mica perché era l'unico spettatore, perché se le aspettava.

Poi il *giometra* tornò padrone di sé.

«Allora?» chiese.

Gli piaceva quella parola, la usava spesso.

Metteva fretta alla gente, se c'avevano solo delle balle faceva capire che lui non aveva tempo da perdere.

Allora, spiegò l'Oscar, qualche giorno prima in un cestinetto della spazzatura aveva trovato la sua carta d'identità.

39.

Il *giometra.*

Chissà quante ne aveva schivate nella vita.

Era pronto a tutto.

Non fece una piega.

Con un gesto da teatro si portò la mano alla tasca posteriore dei pantaloni e fece la mossa di prendere il portafoglio.

Per controllare.

Tanto lo sapeva che la sua carta d'identità lì non c'era.

Però la mossa la fece lo stesso.

L'Oscar lo bloccò.

«Non c'è», disse, come se fosse un pistolero.

Inutile cercarla.

Infatti.

Lo sapeva bene il *giometra,* non c'era bisogno che glielo dicessero. Se era finita nelle mani di quella... Per sbaglio, d'accordo.

Ma per sbaglio o no – porco due –, se il *giometra* l'avesse avuta tra le mani – quella là, mica la carta d'identità –, se l'avesse avuta tra le mani ieri, l'altro ieri o l'altro ieri ancora, altro che carezze e regalini...

Con tutto il sudore che gli era venuto, tutto il sonno perduto al pensiero che una così, matta come un cavallo, chissà cosa poteva inventarsi di combinare! E invece, pensa te, l'aveva buttata via, in un cestino della spazzatura.

Ma spazzatura sarai te e tuo marito cassintegrato!

Alla fine, comunque, era andata bene così.
Strabene!
Aveva ragione l'Oscar quindi, inutile cercarla.
Glielo aveva appena detto o no che l'aveva trovata lui?
E, quasi imitando il *giometra*, l'Oscar si portò una mano alla tasca posteriore dei pantaloni e si diede una bella pacca dove teneva il portafoglio.
«Ah, ecco!» esclamò il *giometra.*
Ah, ecco, aveva capito.
Sì, perché, quando uno trovava un documento, cosa faceva?
Lo portava dai carabinieri oppure in comune. Al massimo, se non voleva rogne, se non aveva tempo da perdere, lo infilava in una buca delle lettere e morta lì.
Quello lì che aveva davanti, invece, se glielo aveva portato di persona era per una sola ragione: voleva la mancia.
D'altronde, ragionò il *giometra,* si poteva neanche dargli torto, un morto di fame, lì da vedere.
La mano del *giometra* era ancora ferma a mezz'aria. Il suo cervello stava calcolando con quanto poteva condirlo via.
«Era per darle la mancia», disse.
Retromarcia, ritorno al lei.
«Che mancia?» chiese l'Oscar.
«Per il documento che si è preso il disturbo di riportarmi», spiegò il *giometra.*
Ma l'Oscar fece no con la testa.
Il *giometra* lo imitò.
«No?»
«No», confermò l'Oscar.
L'idea di una mancia non gli era nemmeno venuta in mente.
E allora cosa voleva?, pensò il *giometra.*
O quanti ne voleva, di soldi?
O non era che magari, senza accorgersi, si stava infilando in qualche bel trappolone?

Magari un ricattino?

«Nessuna mancia», disse l'Oscar.

E tra l'altro, continuò a pensare il *giometra*, 'sta benedetta carta d'identità non l'aveva mica vista.

Era davvero nella tasca del morto di fame?

«E allora?» chiese.

«Allora niente», fece l'Oscar.

Se era lì, spiegò, e gli stava facendo perdere del tempo, era solo per curiosità.

40.

La curiosità di uno spazzino faceva ridere?

Solo perché uno faceva lo spazzino non doveva o non poteva essere curioso?

E se nasceva curioso per natura e poi finiva a fare lo spazzino?

Perché quello dello spazzino sembrava un mestiere del piffero, ma ne capitavano di tutti i colori.

«Se sapesse...» disse l'Oscar.

Ecco, se il *giometra* adesso gli avesse chiesto di raccontargli qualche fatto curioso della sua vita di spazzino, l'Oscar non avrebbe saputo cosa dire.

Per fortuna, invece: «Ah, be', ci credo», tagliò corto il *giometra* per via della fretta che aveva.

Aveva fretta per esempio di vedere la mano del morto di fame infilarsi nella tasca dei pantaloni e tirar fuori la carta d'identità.

Poi dopo gliel'avrebbe data lui la mancia.

Calci nel culo, altro che far perdere tempo alla gente che lavora!

Bene, se ci credeva, pensò l'Oscar, tanto meglio perché allora non avrebbe fatto fatica a credere anche che lui era lì solo per curiosità, la curiosità di sapere come avesse fatto a finire in un cestino della spazzatura di Fino Mornasco la sua carta d'identità.

Se glielo voleva dire, mica obbligato.

Ma credesse che era solo curiosità, sennò l'avrebbe lasciata a sua moglie, poco prima, quando era andato a cercarlo a casa sua e l'avevano indirizzato lì.

Sotto l'abbronzatura il viso del *giometra* si fece rosso.

«Come, a mia moglie?» chiese.

Sì, se era sua moglie quella con tutti i maccheroni in testa.

Voleva dire che quel morto di fame lì era stato a casa sua?

«Vuole dire che lei è stato a casa mia?»

«Certo», rispose l'Oscar.

Aveva seguito l'indirizzo sulla carta d'identità.

Ma siccome lui non era in casa...

Sotto l'abbronzatura il viso del *giometra* adesso si fece pallido.

«E poi è venuto qui», disse.

«Esatto.»

Glielo aveva detto la sua signora di cercarlo lì. Non l'aveva fatto neanche entrare in casa, neanche nel giardino. L'aveva tenuto al cancello. Avevano parlato ad alta voce.

"Bon", fece tra sé il *giometra.*

Ci sarebbe mancato che...

Ma non voleva neanche pensarci a cosa avrebbe dovuto inventare per spiegare a sua moglie come diavolo aveva fatto la sua carta d'identità a finire in un cestino della spazzatura di Fino Mornasco.

Però, adesso, ce n'era un altro di pericolo in vista.

Adesso sentiva puzza di trappola, di ricatto.

Il morto di fame stava giocando a carte coperte e a lui toccava ballare.

Calmo, però.

Doveva cercare di capire dove voleva arrivare quello lì, poi, al momento buono, sistemarlo come si meritava.

«Allora sono venuto qui», concluse l'Oscar.

«Bravo!» scappò detto al *giometra.*

Perché le donne certe cose non le capivano, e invece tra uomini c'era sempre il mezzo di mettersi d'accordo.

Intanto, avrebbe voluto dire, se avesse voluto restituirgli il documento...

Ma aveva paura a dirlo. Non aveva ancora capito bene cosa girasse per la testa del morto di fame.

La curiosità!

Sì, andasse da un'altra parte a raccontarla.

Fare buon viso a cattivo gioco.

Per adesso.

Poi avrebbe visto il da fare.

Quindi: «Ma dobbiamo proprio continuare a parlare dentro qui?» chiese il *giometra.*

«Come?» ribatté l'Oscar.

Il *giometra* batté due dita sull'orologio, un pataccone.

Aveva fame.

E...

«A proposito, lei come si chiama?»

«Valerio», mentì l'Oscar.

Bon.

«Te Valerio c'hai fame?» di nuovo col tu.

Ma diverso da quello di prima, altro tono.

L'Oscar si guardò nello stomaco: sì e no.

Ma disse sì.

«Proposta», fece allora il *giometra.*

Se fossero andati a mangiare un boccone?

Perché la storia era lunga. E intanto, come aperitivo, che il Valerio sapesse che la carta d'identità non l'aveva mica perduta.

«No?» fece l'Oscar.

Macché, rise il *giometra.*

E se era stata persa, non l'aveva persa lui.

Ma era il caso di andare, che a tavola si parlava meglio.

41.

Quella con le tette dispari era rimasta lì in ufficio.

Forse non aveva una casa o forse le toccava fare il lavoro per due, come la Ilde.

La trattoria era di camionisti, si mangiava bene e si spendeva poco. Tanto il Valerio non si doveva preoccupare, pagava il *giometra.*

Anche se era luglio c'erano odori forti nell'aria della trattoria.

Arrosti, brasati, sughi e sudori.

Il *giometra* aveva il suo tavolo, sempre quello. Lo raggiunse a passi spediti, salutato da tutti, rispondendo *uèi ciao.*

L'Oscar dietro.

«Siamo in due», disse alla cameriera.

Si sedette, incrociò le mani sotto il mento, guardò fisso il suo ospite.

«Perché a me quella roba là è sempre piaciuta», disse.

L'Oscar, zitto.

«Capito cosa?» chiese il *giometra.*

«Eh!» rispose l'Oscar.

Lasciamo stare la moglie, proseguì il *giometra.*

Quella dei maccheroni, pensò l'Oscar.

La moglie era un'altra cosa, un'altra storia.

La cameriera, arrivando al tavolo, interruppe il *giometra.* Capelli bisunti, truccata, una specie di minigonna, le gambe nude.

«Il solito?» chiese al *giometra.*

Che era bistecchina e insalata.

«No», rispose il *giometra.*

«Te Valerio cosa prendi?»

L'Oscar non ne aveva idea.

La cameriera sapeva fare il suo mestiere.

«Abbiamo un brasatino coi fiocchi», propose, sempre guardando il *giometra.*

«Va bene», accettò l'Oscar.

Che, con quei profumi per aria, aveva cominciato a sentire un po' di appetito.

«Brasatino per due», decise il *giometra.*

E che i cantieri si inculassero per quel pomeriggio.

Lamadonna, c'era mica solo il lavoro!

Eh, Valerio?

Brasatino per due e un litro di rosso.

«La moglie non si tocca», riprese il *giometra* una volta lontana la cameriera.

L'aveva vista no? Sempre con quei bigodini in testa...

La cameriera portò per prima cosa il vino. Ne versò un bicchiere al *giometra,* macchiando la tovaglia. Poi andò via.

"E io chi sono?" pensò l'Oscar.

Il *giometra* riparò subito alla villania della ragazza. Gliene versò un bicchiere generoso.

«Prosit.»

E giù.

Poi disse che sua moglie non era sempre stata così. Quand'era giovane era più carina.

Considerare anche che aveva qualche anno più di lui.

E poi, in fondo, per dirla tutta, essere chiari...

«È stata il migliore affare della mia vita», disse, e finì il bicchiere.

Perché lei era la figlia del costruttore Armando Renezzetti, un uomo dell'altro secolo, che era partito da giovane, cazzuola in mano, e aveva tirato su l'impresa.

«Cinque anni», disse il *giometra.*

A lavorare alle sue dipendenze. Poi aveva sposato la figlia e piano piano era diventato lui il capo. Aveva espanso l'impresa, al passo coi tempi. Mai avuto un litigio col suocero finché era rimasto in vita. Nemmeno con la moglie.

«Le ho sempre dato tutto quello che voleva», affermò il *giometra.*

Chissà quanti bigodini, pensò l'Oscar.

Intanto arrivò il brasato. Il litro piangeva miseria.

«Un altro», ordinò il *giometra* che aveva l'occhio solo un po' lucido.

L'Oscar non si oppose.

Adesso, dopo il vino, aveva proprio fame. Attaccò il brasato.

«Capito Valerio?»

L'Oscar aveva capito: la famiglia era una cosa, non bisognava farle mancare niente, era la prima della lista. Ma quella roba là era diversa, ogni lasciata è persa. E poi a lui era sempre piaciuta e di occasioni ne aveva lasciate cadere in terra davvero poche.

L'Oscar mandò giù un boccone, poi bevve, fece un mezzo rutto e insieme a quello gli uscì la domanda: cosa c'entrava tutto quello che il *giometra* aveva appena detto con la carta d'identità che lui aveva trovato nel cestino della spazzatura?

Il *giometra* tacque un momento. Rifletté.

Ma l'aveva poi trovata davvero quel bastardo lì?

E se sì, perché continuava a tenersela in tasca?

Perché non gliel'aveva fatta vedere?

Che davvero ci fosse sotto un trappolone?

Che avesse parlato con la moglie?

Diobono, avesse potuto prenderlo per il collo, altro che brasatino...

«C'entra», rispose.

Si versò un bel bicchiere di vino, si sciacquò la bocca, schioccò la lingua.

«Io ne prenderei un'altra mezza porzione», disse.
Proprio buono.
«E te Valerio?»
«Ma sì», rispose l'Oscar.
«Bravo», approvò il *giometra*, «è così che si fa.»
La trattoria era ormai quasi vuota, i camionisti tutti ripartiti. Per il *giometra* faceva lo stesso, non le vedeva neanche le due cameriere che avevano cominciato a sparecchiare i tavoli. Cliente fisso com'era lui, nessuno gli avrebbe mai messo fretta.
Si appoggiò alla sedia in attesa della mezza porzione.
«Te Valerio sei sposato?» chiese.

42.

«No», ribatté sicuro l'Oscar.
Sapevo, disse il *giometra.*
Come faceva?, chiese l'Oscar.
Il *giometra* sorrise.
Si portò l'indice sotto l'occhio di destra e tirò giù.
Uno come lui, che misurava i terreni e pesava le persone senza bisogno del metro e della bilancia, non poteva non accorgersi che il Valerio non aveva la fede al dito. Sul fatto che uno spazzino avesse due mani da meccanico c'era passato sopra, magari lo faceva per hobby, la sera, nel garage di casa. Beato lui che ancora scapolo poteva disporre del suo tempo come voleva.
«Può darsi che l'hai indovinata o forse no», sentenziò.
Mah!, sospirò.
Lui invece sì, sposato innamorato. Lasciando da parte la faccenda dell'affare che aveva fatto e la passione per quella roba là, che erano due cose diverse dal matrimonio.
«Quella roba là è come il vino», disse il *giometra.*
Ogni tanto c'era bisogno di berne un po' più del solito, come stavano facendo quel giorno.
Infatti il *giometra* tracannò un mezzo bicchiere e l'Oscar lo seguì a ruota.
Però nel matrimonio non erano mica tutte rose e fiori.
L'Oscar fece un gesto come a dire che lui, da scapolo, certe cose non le poteva sapere.

«Giusto», approvò il *giometra.*

Mica sempre rose e fiori.

Anche spine!

La menopausa, per esempio, era una di quelle spine.

Che pungeva le donne e ogni tanto le faceva picchiare in testa.

A sua moglie Teodora, tanto per dire...

43.

A sua moglie Teodora la menopausa l'aveva giurata.

L'aveva presa di mira più o meno un paio di anni prima come se fosse una nemica personale, l'unica, da abbattere.

A colpi di pressione alta, scalmane, sudorazioni, ansia, insonnia, depressione, attacchi di paura, inappetenze e poi fame come se non mangiasse da una vita.

Un giorno si sentiva bene e l'altro male. Una volta si sentiva grassa e l'altra magra.

Certi giorni era gonfia, certi altri non si toglieva neanche il pigiama. O se no comperava l'iradiddio ma magari il pane no.

Delle volte guardava la tivù spenta.

Una vita d'inferno, per lei.

Ma anche per lui.

44.

«Ma anche per me», disse il *giometra.*

Pensasse che bello, suggerì.

Uno che lavorava tutto il giorno su e giù per i cantieri e alla sera arrivava a casa e trovava la moglie che era lì a guardare fuori dalla finestra, la tavola non ancora apparecchiata, della cena neanche l'ombra.

«Le chiedevo cosa aveva fatto durante la giornata e rispondeva niente.»

Se lo immaginava il Valerio che bello?

L'Oscar se lo immaginava, perché era un po' come la sua vita attuale.

Però rispose no, lui non era sposato.

«Beato te», fece il *giometra.*

In un certo senso, s'intendeva.

«Ormai siamo quasi nel duemila, ma la menopausa è ancora un bel mistero», affermò.

Glielo diceva, aggiunse, uno che le aveva tentate tutte.

45.

Specialisti.

Ginecologi, endocrinologi, internisti, psicologi, psichiatri, neurologi.

Una volta anche un mago, un certo mago Bum, di Carate Urio.

Tutti d'accordo nel dire che la menopausa era una fase normale, un passaggio obbligato nella vita di una donna. Ma che non era uguale per tutte. Ad alcune passava via come se niente fosse, per altre invece era come camminare su un campo minato mettendo i piedi sempre nel punto sbagliato.

Tutti d'accordo nel dire la stessa cosa e nel prendersi, chi più chi meno, gli stessi soldini.

Sui quali il *giometra* non aveva mai detto una parola.

A sua moglie non aveva fatto mancare mai niente.

E poi lui era uno brillante.

«Tanto che...»

Nel frattempo arrivarono le due mezze porzioni di brasatino. Il litro era vuoto. Il *giometra,* con un gesto circolare dell'indice, ne comandò un altro.

La cameriera non batté ciglio, il *giometra* sapeva quello che faceva anche se era il terzo. Prese l'ordine, si girò e si allontanò seguita dallo sguardo del *giometra*: se lo sentiva addosso e sculettò per distrarlo dalle vene varicose che da qualche mese stavano cominciando a gonfiarsi sulla gamba sinistra.

Tanto che..., stava dicendo il *giometra.*
Ma non si ricordava più.
«Stavo dicendo?» chiese.
L'Oscar: «Dei soldi».
«Ah, ecco.»
Ma arrivò il terzo litro.
Il *giometra* se ne versò un dito nel bicchiere, assaggiò.
«L'hai cambiato?» chiese alla cameriera.
No, rispose quella.
Invece sì.
Aveva messo insieme gli avanzi degli altri tavoli, barbera e bonarda. Era per colpa delle vene varicose. Il solo pensiero di averle la faceva incazzare. Il pensiero che nessuno le guardava più il culo, distratto da quei nodi azzurrognoli, le metteva addosso una sete di vendetta.
«Mi sembrava che avesse un altro sapore», disse il *giometra.*
Il Valerio cosa ne diceva?
L'Oscar non aveva mai capito un cazzo di vino, quello che aveva bevuto sino a quel momento gli stava ormai dando alla testa.
Sudava.
Prese il fazzoletto e si asciugò la fronte.
Assaggiò.
«Buono», disse.
Ma poteva anche essere acqua di fogna.
«Allora sarà la mia bocca», fece il *giometra.*
E buttò giù il resto mentre la cameriera si allontanava, il pensiero fisso alle vene varicose e a una sua amica che s'era operata e due anni dopo era punto e da capo.
«Dov'eravamo?» chiese il *giometra.*
Stavolta però non si era dimenticato.
Fece apposta invece.
Era abituato a fare due cose insieme. Anche tre.
Parlare e intanto pensare.
Parlare per tenere lì il morto di fame, cercare di capi-

re cosa aveva in testa, tanto prima o poi avrebbe dovuto scoprirsi. Intanto lo macerava ben bene, come se il brasato fosse stato lui e non quello che c'era nel piatto. Una volta portato al giusto punto di cottura, ci avrebbe pensato lui a recuperare la carta d'identità. Sempre che ce l'avesse avuta davvero.

Si ricordava che era arrivato a «tanto che».

Tanto che i soldi.

Il *giometra* levò in aria il dito, perché il particolare era importante e il Valerio lo doveva tenere ben presente.

L'Oscar fece sì con la testa: avrebbe tenuto ben presente che il *giometra* non aveva mai misurato i soldi a sua moglie.

Mai!

La Teodora prendeva quello che le serviva, quello che voleva. Direttamente dal suo portafoglio. Senza dirgli quanto. Prendeva e basta.

L'Oscar fece una faccia ammirata, era quello che il *giometra* si aspettava.

Però non riusciva a capire cosa c'entrasse adesso quel discorso dei soldi con quello della menopausa. Forse aveva perso qualche passaggio per via del vino.

Allora abbassò gli occhi sul piatto, prese un boccone di brasatino, se lo mise in bocca e cominciò a masticare lentamente perché faceva fatica ad andare giù.

Il *giometra* lo imitò, però lo fece di gusto, gagliardo, due, tre bocconi di fila.

«Prima che si freddi», disse, con la bocca piena.

«Proprio buono», aggiunse.

Bravo Valerio che aveva scelto bene.

E con la bocca sempre piena gli spiegò che per un anno la menopausa aveva fatto di sua moglie quello che voleva.

Poi, alla fine, gliel'aveva riconsegnata.

Ma non era più quella di prima.

46.

Infatti un bel giorno non era mica andata a dirgli che si sentiva povera?

L'Oscar fece cenno di sì.

Ma al *giometra* non bastava un semplice cenno di assenso. Voleva reazione, solidarietà.

«Capito o no, Valerio?»

Ma se aveva tutto quello che voleva?

Scarpe, vestiti, duecento metri quadrati di casa, la serva, il giardino, il parrucchiere, la manicure, tutto.

«O no?» chiese il *giometra* a voce alta, un po' incazzato come se davanti a lui non ci fosse l'Oscar ma sua moglie coi bigodini in testa che una bella sera, quando lui era appena tornato stanco dopo una giornata sui cantieri, gli andava a dire che si sentiva povera, vuota, priva di senso.

Che gli anni passati fino ad allora era come se non fossero esistiti, non avessero lasciato traccia.

Che se si guardava indietro non vedeva niente.

Stessa roba se guardava avanti.

Ma guardare avanti le metteva paura, vedeva buio e silenzio.

Non era nemmeno riuscita a mettere al mondo un figlio, cosa che almeno le avrebbe dato la prova materiale di aver fatto qualcosa, e invece niente.

Ma era colpa sua se non era stata capace di fare figli?, ruggì il *giometra*.

Di faccia era quasi blu.

Allora l'Oscar, per calmarlo, gli versò un bicchiere di vino e ne versò uno anche per sé.

Così il terzo litro era finito, suonavano le tre e il *giometra* si stava calmando.

47.

Il piatto del *giometra* era vuoto, quello dell'Oscar quasi.
«Non mangi più?» chiese il *giometra.*
Come no, fece l'Oscar.
Dai allora!
«Che poi ci prendiamo una scagliettina di grana.»
E allungò la mano verso il litro, accorgendosi che era vuoto. L'aveva finito l'Oscar sotto i suoi occhi senza che lui se ne accorgesse: quando parlava, anche solo quando pensava alla moglie che gli diceva di sentirsi povera, perdeva tutto il suo controllo e non vedeva e non sentiva niente, quasi non sapeva più dove fosse.
Si appoggiò alla sedia, rifletté, ascoltò i rumori che venivano dalla cucina: piatti e una cappa che aspirava.
Quello che restava del brasatino dell'Oscar era un avanzo colloso, la puccia rappresa. Come l'aria che c'era lì dentro, pari a quella di fuori: un'aria inutile piena di pensieri inutili. Il sugo della vita era quello lì, pensò l'Oscar cercando di finire quanto aveva nel piatto, e poi una con le vene varicose lo lavava via.
Gli ultimi bocconi gli si fermarono a metà strada, ci sarebbe voluto qualcosa per mandarli giù, anche acqua.
L'Oscar fece per chiederla ma nell'aria si allargò il suono di un telefono.
Squillò tre, quattro volte, nessuno rispose.
«Suona suona», mormorò l'Oscar, pensando al telefono di casa con una certa soddisfazione.

Lo stordimento gli passò quasi d'incanto. Non doveva mica dimenticare il motivo per cui si trovava lì davanti al *giometra* ad ascoltare le sue balle di menopausa e bigodini.

Poi il telefono smise di suonare e dopo un secondo arrivò la cameriera con le vene varicose a dire che al telefono c'era l'impiegata, quella con le tette dispari, per chiedere se lui era ancora lì.

«Perché, non posso?» chiese il *giometra*, villano.

La cameriera non ribatté, fece per girare i tacchi ma il *giometra* la fermò.

Ci sarà stato qualche problema sui cantieri, disse, sarebbe stato meglio andare a sentire.

Però, già che era lì, disse alla cameriera, che portasse un po' di grana e ancora un mezzo di rosso perché il grana asciugava la bocca.

48.

Quando tornò al tavolo il *giometra* aveva un bel sorriso soddisfatto.

Disse che l'impiegata con le tette dispari era la migliore del mondo. Obbediente e intelligente. Mangiava pane e lavoro. Peccato che fosse un po' malata. E poi brutta.

«L'avrai vista anche te.»

Mai avuto un fidanzato.

«Mai assaggiato il pirla, ci scommetterei!» ridacchiò il *giometra.*

Poi, serio: «Probabilmente è una fortuna, per lei».

«Come per te», aggiunse, cincischiando con una scagliettina di grana.

L'Oscar era ancora alle prese con gli ultimi bocconi di brasatino che non andavano né su né giù.

«Perché», spiegò il *giometra,* «per arrivare alla bella soddisfazione, dopo che hai lavorato come un somaro dalla mattina alla sera, di sentirti dire da tua moglie che si sente povera...»

Per arrivare a quei punti lì, sarebbe stato meglio che avesse avuto a che fare solo con quelle là.

Ci siamo, fu il pensiero dell'Oscar.

Il brasatino passò giù di colpo. Gli sembrò quasi di sentire il rumore che fece atterrando sul fondo dello stomaco.

«Quelle un po' così, no?» specificò il *giometra.*

L'Oscar chiuse gli occhi, si infilò in bocca una scaglia di grana.

«Quali?» chiese.

Quelle che non vanno troppo per il sottile, affondò il *giometra.*

«Come quella della carta d'identità.»

Ah, ecco, fece l'Oscar.

«Ho ragione o no?» chiese il *giometra.*

L'Oscar avrebbe voluto rispondere qualcosa.

Ma aveva la bocca asciutta, forse per via del grana.

49.

«Almeno quelle lì...» riattaccò il *giometra.*

Non che fossero tutte uguali, bisognava starci attenti, conoscere i tipi.

Per esempio, proprio quella lì della carta d'identità...

Però in genere con qualche regalino, qualche biglietto da diecimila...

Tu facevi il tuo comodo, lei arrotondava un po', si toglieva qualche sfizio che il marito...

«Come il marito di quella lì della carta», spiegò il *giometra* indicando col dito l'Oscar senza immaginare che stava indicando il marito in carne e ossa.

«Che è cassintegrato.»

«Poveretto», si compianse l'Oscar sputacchiando un po' di grana.

«Figurati che bella vita che deve fare.»

«Chi?»

«Ma lei, no?»

Eh già.

Almeno s'era tolta qualche sfizio, che il marito nemmeno se avesse voluto.

«Dopodiché, amici come prima.»

O quasi, aggiunse il *giometra.*

Ma sottovoce.

Comunque...

«Non sarebbe meglio così in fin dei conti?» chiese.

Non attese risposta.

«D'altronde a me è andata così e indietro non si torna.»

Ormai era passata, ma era stata dura. Per lui, ma anche per sua moglie neh, poveretta! Glielo aveva già detto. E se fosse andata avanti ancora per un po' non immaginava come avrebbe potuto andare a finire.

Invece, meno male...

«Meno male cosa?» chiese l'Oscar con la lingua impastata per il vino, il grana e il timore di allontanarsi un'altra volta dall'obiettivo.

Meno male che, sorrise il *giometra*...

50.

Meno male che a un certo punto...

Il *giometra* non avrebbe saputo dire a chi fosse venuta l'idea.

Ma meno male.

Meno male che una sera la Teodora gli aveva chiesto se per caso non avesse in giro, sottomano, un localino da affittare.

Sulle prime lui aveva pensato: "Ocristo, cosa diavolo le è venuto in mente adesso?".

Possibile che tutte le sere se ne inventasse una?

Adesso un locale da affittare!

«Per farne cosa?» le aveva chiesto subito.

E la Teodora gli aveva spiegato la storia.

Un circolo culturale.

Di sole donne.

«Abbiamo già il nome: Donne degli anta.»

«Abbiamo chi?» aveva chiesto lui.

Lei e le sue amiche, aveva risposto la Teodora. Donne che volevano finalmente dare un senso alla loro vita.

Lui non aveva riso. Ma per poco.

Il *giometra* stava pizzicando le briciole del pane rimaste sulla tovaglia. Le raggruppò in mucchietti, le pinzò tra indice e pollice, se le portò alla bocca.

L'Oscar lo imitò.

«Se non mi tengono continuerei a mangiare», disse il *giometra.*

«Anch'io», confessò l'Oscar.
«Caffè e grappetta?» propose il *giometra.*
Come no?, avrebbe voluto dire l'Oscar.
Ma le parole gli si fermarono sulla lingua annodata.
Ormai era metà pomeriggio e il suo obiettivo era tornato ad allontanarsi. Il *giometra* aveva ricominciato a divagare, non lo fermava nessuno, sembrava che si stesse confessando.
«Il senso della vita», disse il *giometra* sorridendo.
Chi le capiva le donne era bravo. Soprattutto quelle degli anta.
Lui preferiva quelle degli enti. Anche quelle degli enta non gli facevano schifo.
Infatti, fece l'Oscar pensando alla Ilde.
«Come questa», sussurrò il *giometra* indicando la cameriera che stava portando grappa e caffè.
Era un'altra.
Quella con le vene varicose era sparita, forse era andata a stendersi un momento.
Grappa in bottiglia, all'uso delle trattorie. La lasciò sul tavolo e se ne andò.
«Perché conosco troppo bene suo padre, è un mio amico», sussurrò ancora il *giometra* ingobbendosi sul tavolo.
Se no...
L'Oscar sorrise, stupidamente.
Mescolò il caffè.
«Non ci metti lo zucchero?» chiese il *giometra.*
Non gli scappava proprio niente.
«Ah già», fece l'Oscar.
Ma continuò a girare il cucchiaino ascoltando la storia delle donne degli anta.

51.

Alberta Ostinelli, Giancarla Usuelli, Margherita Bastazzi, Rossana Cifferi, Claudietta Osimini, Cecilia Romanò.

Le Donne degli anta erano quelle lì, le amiche della Teodora. Forse se n'era dimenticate una o due. Suonate come lei, comunque. Mica colpa loro.

La menopausa, brutta bestia.

Volevano un circolo culturale per ritrovarsi ogni tanto, parlare dei problemi comuni. Riempire con qualcosa lo spazio vuoto delle loro vite. Dare un senso, appunto, a quel tanto di vita che avevano davanti.

Va bene, aveva detto il *giometra.*

A lui erano sembrati discorsi da matti. Comunque, contente loro...

Di locali ne aveva sottomano mica uno solo, ma dieci, venti. Ed era disposto a regalarlo purché mettessero la testa a posto.

Invece no.

Le donne degli anta non volevano regali. Volevano pagare l'affitto. Volevano essere indipendenti nelle loro decisioni, non dire grazie a nessuno, stare in piena libertà.

Va bene, aveva detto ancora il *giometra.*

Come vossignoria comanda!

«Tanto», disse il *giometra,* «secondo te, Valerio, i soldi della quota per l'affitto dove andava a prenderli la Teodora?»

La risposta affiorò sulla lingua dell'Oscar, uscì a sillabe.
«Bravo», lo elogiò il *giometra* e fece il resentino con la grappa.
Proprio, sempre dal suo portafoglio.
«Dimmi te se era normale», chiese ancora.
Prendere i soldi dal suo portafoglio per poi rimetterli un'altra volta lì.
«Ridicolo o no?» chiese il *giometra* ridendo.
Ma smise subito.
Si fece serio.
Fissò lo sguardo sull'Oscar.
«O no?»
L'Oscar non capiva come doveva comportarsi. Non sapeva cosa dire. L'unica cosa che gli riuscì di fare fu versarsi un po' di grappa.
«Bravo Valerio, beviamoci sopra», esultò il *giometra.*
E ridiamoci sopra, anche.
Adesso però.
Adesso che la Teodora, poveretta, non s'era accorta di niente.
Scampato pericolo.
«Colpa mia», affermò il *giometra.*
Perché l'aveva sempre lasciata libera di andargli a frugare nel portafoglio.
«Capito Valerio?»
L'Oscar non aveva capito proprio un cazzo.
Capito cosa?
Il *giometra* rise.
Lamadonna, ma uno dove teneva la carta d'identità?
«Te dove tieni la tua? La mia che hai trovato dove credevi che fosse?»
L'Oscar fu lì per rispondere portafoglio, ma come gli sbocciò la pi sulle labbra il *giometra* lo bruciò.
«Bravo che ci sei arrivato!»
Quindi dove credeva che fosse la carta d'identità di quella là?

Che, per la cronaca, era seduta proprio lì, disse il *giometra.*
Dove adesso c'era lui, il bravo Valerio.

52.

Era stata una, forse due settimane prima.
No, due settimane.
Il *giometra* era sicuro.
Era sabato, era il giorno prima della gita a Bellano.

53.

«A Bellano?» sbottò l'Oscar.

Ma il *giometra* non lo sentì.

Sorrideva di gusto al ricordo.

Sembrava che dovesse andare via tutto tranquillo, come le altre volte.

Un bel pranzetto e poi partenza...

«Per Bellano?» chiese l'Oscar.

Il *giometra* stavolta lo sentì.

«Ma va', cosa c'entra?»

A Bellano era stato il giorno dopo, per la gita.

54.

Le gite.

Erano state le ultime invenzioni delle donne degli anta.

Dopo i libri da leggere e i film da vedere e commentare. Dopo i dischi di musica classica da ascoltare insieme nel localino.

All'arrivo della bella stagione alle donne degli anta era venuta quell'altra bella fantasia di andare alla scoperta del territorio, riempire con una bella gita culturale il vuoto del giorno peggiore della settimana: la domenica.

55.

Al *giometra* la domenica piaceva fare niente.

Ascoltare le partite alla radio quando c'era il campionato, dormire sul divano o stare fuori sotto la pergola se era bel tempo, e pensare ai suoi cantieri.

Ma le donne degli anta avevano i vuoti da riempire!

Specie quello della domenica, giorno simbolo della loro solitudine, giorno in cui, senza la giustificazione del lavoro, i mariti le abbandonavano, chi andava allo stadio, chi al bar, chi giocava alle bocce, chi stava in casa ma era come se non ci fosse, peggio di come quando non c'era davvero.

Allora le gite.

Ciascuna di loro si era assunta il compito di scovare una meta, tracciare un itinerario, trovare un posto. Tutte le gite dovevano avere qualcosa di culturale, di storico.

Erano venuti fuori un santuario, un convento abbandonato con dentro un ossario dei frati, una cava di sassi che era diventata una specie di teatro all'aperto, una vecchia miniera...

«Che io non ci sono entrato», spiegò il *giometra,* perché il chiuso gli faceva mancare l'aria.

...con le impronte di un orso, un museo di attrezzi dei contadini di una volta e poi, appunto, Bellano.

Bellano l'aveva scelto la Teodora dopo che aveva scoperto che c'era l'Orrido.

«Una bellezza naturale», spiegò il *giometra.*

In sostanza un fiumetto che passava in mezzo a delle rocce.

Poi le donne degli anta avevano fatto la loro bella riunione, avevano preparato il calendario delle gite e comunicato la faccenda ai rispettivi mariti che le avrebbero dovute accompagnare perché nessuna di loro aveva neanche mezza patente. Avevano spiegato che i mariti non servivano come semplici autisti ma era per stare tutti insieme, parlare, vedere le cose, e insomma occupare il vuoto.

Così, per farla breve, la prima domenica di luglio era capitata la gita a Bellano per vedere 'sto Orrido.

«Mi è toccato prender su la macchina e partire», spiegò il *giometra.*

Con la Teodora che, durante il viaggio, aveva ripassato a voce alta tutta la storia dell'Orrido perché la responsabile della gita doveva raccontare agli altri la rava e la fava.

56.

L'aria della trattoria era stanca come una pelle morta. Delle cameriere non c'era più traccia. La grappa era diventata calda.

L'Oscar aveva capito che il *giometra* si era portato a Bellano la Ilde.

Il *giometra* gli rispose con una bella risata.

«Giù dal fico Valerio, giù dalle nuvole!»

Non gli aveva appena detto che a Bellano era andato su di domenica e con la Teodora in macchina e che invece lì, proprio lì dov'era seduto lui adesso, c'era stata quella Ilde il sabato prima della gita?

E poi, gli pareva che con una sgolatrina come quella per le mani a lui venisse in mente di portarla a vedere l'Orrido?

In mezzo alla gente a farsi spintonare?

Perché era stato proprio uno spintone. Di un tedesco che aveva dietro, subito dopo aver pagato i due biglietti dell'ingresso, mentre stava mettendo via il portafogli.

Uno spintone, e il portafoglio gli era scappato di mano, era caduto in terra, sulla passerella.

Soldi, appunti, biglietti da visita, la tessera della bocciofila, tutto sparso per terra.

Anche la carta d'identità.

L'aveva vista quasi subito quando si era chinato per raccogliere tutto, col tedesco che continuava *ciuldigum ciuldigum*.

Era lì appoggiata a terra, aperta a faccia in su, col suo bel nome Ilde Ratti che lo guardava!

Meno male che la Teodora stava già illustrando le bellezze del panorama.

«Metti che le fosse capitata in mano quando andava a frugarmi nel portafoglio», disse il *giometra.*

Non ci aveva pensato un secondo. Le aveva dato una bigliata, l'aveva fatta volare fuori dalla passerella, giù, verso le rocce, verso il fiume. A un certo punto anche la Teodora l'aveva vista e l'aveva presa per una farfalla.

Sì, sì, bella eh?, aveva risposto lui.

«Adesso andiamo a vedere 'sto Orrido.»

57.

«Però c'è un altro pericolo», sentenziò il *giometra.*

O no?

L'Oscar fece un cenno, in attesa di capire bene.

«Due», spiegò il *giometra.*

Il primo la Teodora, che se gli beccava la carta il patatrac era bello e fatto, mica era scema del tutto, chissà che ghetto sarebbe venuto fuori. Ma l'aveva sistemato.

Secondo, quella là.

«Perché è un pericolo vivente», aggiunse il *giometra.*

Una mina vagante.

Meno male che era finita.

«Pensare che invece sembrava una così bella tranquilla.»

"Tranquilla la Ilde..." pensò perplesso l'Oscar.

Il *giometra* andò avanti a parlare, come se gli avesse letto nel pensiero.

«Proprio tipetto da pranzo in trattoria, motel, due orette, fai il tuo mestiere, regalino o mancetta e poi via, amici come prima, avanti Savoia!»

Sulle prime, quando l'aveva conosciuta, la volta che era andato alla PritMetal per fare un ordine, sembrava che fosse proprio così.

58.

Era stato a metà maggio, lei già mezza abbronzata.
Occhio vivace, scollatura, due belle tette, coscia in vista.
Le aveva fatto la battuta.
«Mare o montagna?»
«Magari», era stata la risposta.
E si capiva che era contenta che qualcuno avesse notato la tintarella.
E allora?, aveva insistito lui.
Risposta: «Terrazzino di casa mia».
Vero, pensò l'Oscar: la Ilde cominciava a marzo a mettere la faccia al sole e d'estate passava i pomeriggi sul terrazzino di casa pieno di cose, mentre lui stava dentro a sudare aspettando che venisse la sera.
Il *giometra* aveva capito subito che con quella lì c'era da far bene.
«Una che le piace abbronzarsi ma non può farlo se non dal terrazzino di casa sua...» osservò.
Eh Valerio?
L'Oscar fece sì, alla domanda e, ormai, quasi anche al nome.
Così si porta avanti col lavoro per quando andrà al mare, aveva ricominciato il *giometra* facendo una bella risata.
Ma la risposta la immaginava già.
Il mare lo vedeva col binocolo, aveva infatti ribattuto quella.
Aveva il marito in cassa integrazione, le spese erano

sempre di più e la paga invece sempre quella. E le toccava anche ringraziare di averla.

Come se al mondo ci fosse stata solo la PritMetal, aveva allora buttato lì lui.

Se conosceva un altro posto che glielo dicesse, lei di rimando.

Tac!

L'aveva portata dove voleva, trucchetto che funzionava quasi sempre.

«Capito Valerio?»

Fare finta, spiegò il *giometra*, di avere quasi bisogno di una segretaria da mettere al posto di quella con le tette dispari. Esagerava un po' la sua malattia, no?, come se dovesse andarsene di lì a poco. La faceva morire solo per finta insomma, e che invece Dio gliela conservasse in eterno perché non ce n'era una così su tutta la faccia della terra. Per dirla in altre parole, la usava come un verme infilato sull'amo. Un bel posto di segretaria di un impresario edile, ferie pagate, tredicesima, gratifiche e via di seguito, faceva gola a tutte.

Quella là infatti l'aveva guardato con gli occhi grandi.

Se ne poteva parlare, aveva detto lui, ma non lì.

«O no, Valerio?»

Non in casa del suo padrone, come parlare di corda in casa dell'impiccato.

Perché non a tavola invece, mangiando un boccone insieme?

Ci aveva pensato tre secondi a rispondere?

Forse neanche.

«Quando?»

«Anche 'sto sabato.»

«Va bene.»

Al motel non erano andati quel sabato, quello dopo.

A fare lo straordinario, pensò l'Oscar.

59.

La cameriera con le vene varicose ricomparve. Aveva in braccio una pila di tovaglie pulite, ormai era ora di preparare per la cena. Le appoggiò su un tavolo vicino al banco del bar e poi scomparve. Per un po' si sentì il rumore delle sue ciabatte, *cicciac*.

Il *giometra* era perso nel ricordo di quel primo sabato al motel. Guardò indeciso la grappa, se pigliarsene un altro goccio o no.

«Ma sì», mormorò e versò.

Tanto avevano fatto giornata, si sentiva tranquillo, gli piaceva parlare, raccontare le sue avventure a un pubblico che lo ammirava.

Non appena il suono delle ciabatte svanì, l'Oscar entrò in allarme. Anche la Ilde quando tornava si metteva le ciabatte e andava in giro per casa a fare *cicciac*.

Magari in quel momento lo stava già facendo, dipendeva dalle ore.

Mancava poco alle cinque.

Ma mancava poco anche alla fine della storia, cosa di un paio di sabati prima.

Quella là, la Ilde Ratti, lei e il suo bel carattere!

Scemo anche lui, disse il *giometra*, che le aveva promesso l'iradiddio, il posto, la tredicesima, le gratifiche, le ferie pagate.

A promettere si faceva in fretta, come firmare una farfalla...

«Cambiale, no?» spiegò il *giometra* perché l'Oscar aveva fatto una faccia strana, mimando anche con le mani il gesto di due ali che sbattevano.

Poi però quando ti arrivava all'incasso le balle non erano mica buone.

Allora, quando, qualche sabato prima, quella là gli aveva chiesto il posto di segretaria lui le aveva risposto che gli serviva ancora un po' di tempo, tanto per tenersela buona, per adoperarla ancora un paio di volte. E il sabato dopo, sempre al motel – «Motel Alcott», precisò il *giometra*, «con gli specchi sul soffitto» –, dopo fatto il mestiere, aveva tirato fuori un regalino.

«Profumo da venti carte», specificò.

Non l'avesse mai fatto.

'Sta Ilde Ratti gli aveva detto che lei voleva il posto di segretaria, non un profumo.

Lui aveva detto che ci voleva tempo, non era mica così facile mandare via la segretaria vecchia.

O forse doveva ammazzarla?

Bisognava vederla allora.

Per prima cosa quella là aveva svuotato la boccetta del profumo nel cesso e aveva tirato l'acqua, poi aveva cominciato a dire che forse non aveva capito bene chi era, che non era abituata a darla via per un profumo di merda.

«Come, abituata?» interloquì l'Oscar.

«Cosa ne so», rispose il *giometra.*

Era mica stato lì a chiedere.

La Ilde Ratti gridava come un'aquila, diceva che voleva quello che le aveva promesso, sennò...

Sennò cosa?

«In quel momento me lo sarei tagliato via, credici Valerio», confessò il *giometra.*

Sennò..., aveva continuato quella mentre si vestiva senza però arrivare a spiegare sennò cosa.

Va bene, aveva detto lui, d'accordo, mentre si infilava i pantaloni, ma che stesse calma, non era mica il caso.

Calma un cazzo, aveva risposto lei, e *patapàm*, la porta della camera, e lui dietro, dai che sistemiamo tutto, ma intanto non vedeva l'ora di essere fuori dal Motel Alcott e poi ciao ciao bambina, neanche dipinta sul muro avrebbe più voluto vederla.

60.

Erano sulla soglia del motel quando il portiere li aveva richiamati. Per la fretta di andare fuori dalle balle stavano dimenticando di ritirare le carte d'identità.

Perché per essere un motel l'Alcott lo era, ma di lusso, mica un postribolo, era quasi un hotel, per entrare bisognava registrarsi. E quando erano arrivati, un po' perché lui era già pronto – 'sta Ilde aveva su una gonnellina a mezza coscia e gli aveva sculettato davanti nel tragitto dalla macchina fino all'ingresso –, e un po' perché il portiere stava guardando una gara di moto alla televisione, lui gli aveva detto di fare con comodo e avevano lasciato sul banco i documenti.

Tornati indietro a valanga, con 'sta Ilde che continuava a masticare minacce e il portiere, che stava sempre guardando la televisione, va' a sapere cos'era successo: lui aveva preso su la prima carta che gli era capitata, senza controllare, l'aveva infilata nel portafoglio, erano usciti, erano saliti in macchina, l'aveva accompagnata alla fermata del pullman e da quel momento non l'aveva più vista né sentita.

«'Sta rompicoglioni!» suggellò il *giometra.*

Però, cristo!, se l'era sognata anche di notte con la carta d'identità in mano che gli diceva di pagare un tot se no andava difilata dalla Teodora.

Cazzo!, mica facile decidere cosa fare in una situazione del genere.

Meno male che probabilmente era scema come un sasso e che l'idea di metter su un ricatto non l'aveva neanche sfiorata.

D'altronde, per darla via al primo che la imbesuiva di balle, tanto intelligente non doveva essere.

L'Oscar era imbambolato.

«Capito Valerio?»

L'Oscar chiuse gli occhi un istante.

Capito.

«Me la dai adesso sì o no?» chiese il *giometra.*

Nonostante tutto, la domanda del *giometra* strappò un sorriso all'Oscar.

Lento come un cowboy, portò la mano alla tasca posteriore dei pantaloni, prese un portafoglio magro magro che al *giometra* strappò un sorriso di pena, tirò fuori il documento e lo lasciò cadere sulla tovaglia.

Il *giometra* lo prese al volo e controllò.

Gli scappò un grido di soddisfazione che rimbombò nel locale. Tanto che la cameriera con le vene varicose corse al tavolo.

«Ha chiamato?» chiese.

Il *giometra* la guardò senza parlare. Poi, già che era lì: «Il conto».

Quindi, per la contentezza di aver chiuso la faccenda: «Dai Valerio», disse.

Che si bevevano l'ultima grappetta. E gli altri crepassero.

«Prosit», augurò il *giometra,* e buttò giù d'un fiato.

Anche l'Oscar.

«È così che si fa», assicurò il *giometra.*

Bravo Valerio.

61.

Addio Vertemate, posto di merda.

Il *giometra* avviò il motore e grattò. Poi partì con una sgommata e un rumore di tuono.

Nel piazzale della trattoria cominciavano ad arrivare i primi camion.

Almeno alla Ilde un passaggio fino alla fermata del pullman gliel'aveva dato, pensò l'Oscar.

Quasi ogni passo verso casa fu un rutto.

Camminando l'Oscar vide giallo tutto intorno, nell'aria adesso c'era odore di pattumiera. Vide le vene varicose dell'asfalto rovinato; le farfalle che si fermavano a riposare sulle sue corna; sullo sfondo, mentre si avvicinava a Fino Mornasco, le tette dispari delle montagne e sopra un cielo per metà scuro di nuvole. Forse là pioveva già, forse un po' d'acqua sarebbe caduta anche su Fino Mornasco: meno male, con il caldo che faceva.

Poi la intravide.

Poi la vide.

62.

Anche se piovigginava ancora un po' Raffaele aspettava di vedere comparire il papà dal suo osservatorio sul terrazzino di casa. Il temporale si era sfogato facendo scappare tutti dal lido, lasciandolo vuoto come se fosse stata già ora di tornare a scuola.

Per lui era stato un divertimento correre verso casa sotto la pioggia torrenziale, a piedi nudi e ridendo. Un po' meno per la mamma, visto che le aveva rovinato la permanente fresca di *coiffure.* Una volta in casa aveva tentato di rimettere in sesto quella lana. Sciampo, spazzola, phon, lacca... niente da fare, un disastro. Alla fine aveva una testa che sembrava quella di una appena svegliata. Quando era uscita dal bagno il sole splendeva di nuovo, lontano un paio d'ore buone dal tramonto, in un cielo pulito di nuvole. Si sentiva nervosa che a pungerla con uno spillo non sarebbe venuta fuori una goccia di sangue. Così lo aveva mandato a giocare sul terrazzino e s'era arenata sulla poltrona a sfogliare un giornale con la posta del cuore.

Raffaele giocò per un po' con dei soldatini sbiaditi dal sole. Ogni tanto guardava verso la strada per vedere se il papà spuntava.

63.

La Ilde era sulla porta di casa, a braccia conserte. Contorni indistinti, sembrava evaporare, l'ultimo sole creava quegli effetti.

Ma era lei.

L'Oscar non poteva immaginare che era già andata dai vicini a chiedere se per caso avessero visto suo marito, sapessero che fine aveva fatto.

Tutto il giorno che telefonava e nessuno rispondeva.

Tornava a casa e non lo trovava.

Era possibile andare avanti così, fare quella vita?

64.

Lei lo vide bene, aveva il sole alle spalle.

Lo vide delinearsi sullo sfondo dell'asfalto lucido per il calore.

L'Oscar camminava adagio, come se fosse timoroso, volesse rinviare il più a lungo possibile il momento di arrivare.

Era stanco.

Dov'era stato, quello che aveva fatto, quello, molto, che aveva sentito e quello, poco, che aveva detto, quello che aveva mangiato e quello che aveva bevuto erano diventati una stanchezza unica che sarebbe stato bello spiegare alla Ilde stando seduti e in un posto un po' più fresco.

Ma alla Ilde non gliene fregava niente.

Dovunque fosse stato, non era dove doveva essere.

Qualunque cosa avesse fatto, non era quella che doveva fare.

Sarebbe bastato lo sguardo, pensò la Ilde, per far capire a suo marito che così non si poteva andare avanti?

L'Oscar era rosso in viso, sudato…

Ma col caldo che faceva, col caldo che veniva su dall'asfalto come aria di febbre…

All'Oscar venne in mente un detto: chi picchia per primo picchia due volte.

Doveva cominciare lui.

A parlare, mica a picchiare.

Ma la Ilde lo anticipò.

Mosse solo le labbra, il resto immobile.

«Si può sapere dove sei stato tutto il santo giorno?»

L'Oscar sbatté le palpebre, sì che si poteva sapere.

Prese un bel respiro, soffiò l'aria dal naso investendo la Ilde con un aerosol in cui l'ultima grappetta bevuta era ancora vivace.

La Ilde chinò il capo in avanti, la faccia terribile.

«Ma hai anche bevuto?»

Anche.

Oltre a non aver risposto al telefono, a non essersi fatto trovare in casa!

E si girò, entrò e, *patapàm!*, gli sbatté la porta sul muso.

65.

Il papà spuntò, la giacca tenuta in mano che ormai sfiorava terra.

Un temporale così ti illudeva e basta. Dopo, veniva più caldo.

Anche a lamentarsi era lo stesso, bisognava andare avanti e basta.

Raffaele guardò la strada, l'asfalto era quasi del tutto asciutto. Entrò in casa, disse che il papà stava arrivando. La mamma chiuse il giornale.

«Cosa faccio per cena?» domandò.

Raffaele tornò sul terrazzino, tanto si capiva che la mamma non aveva parlato con lui.

Aggrappato alla ringhiera, la faccia incastrata tra le sbarre, fissò gli occhi sul papà che camminava lentamente verso casa. Gli piaceva guardarlo. Si chiese cos'avesse di tanto speciale che l'avrebbe riconosciuto anche in mezzo a cento, tutti con la giacca in mano.

Da dentro casa venne un rumore di piatti e di padelle, la mamma doveva aver preso una decisione per la cena. Qualche televisore era già acceso. Due aerei passavano nel cielo. Raffaele li guardò fino a che fu sicuro che non si sarebbero scontrati, poi entrò.

Il papà si tolse la cravatta con un gesto che aveva il sapore della vacanza.

In cucina la mamma stava salando l'acqua della pasta.

«Tutto bene?» chiese lei girandosi.

Il papà lasciò passare un buon momento prima di rispondere.

«Ma da quando hai cambiato pettinatura?» chiese poi.

66.

Così non si poteva andare avanti.

Fu l'unica cosa che la Ilde gli disse più tardi, quando anche lui, dopo mille esitazioni, era entrato in casa.

La Ilde aveva parlato da dietro la porta della camera da letto, chiusa a chiave.

Prima ancora che lui bussasse. Chissà come aveva fatto a capire che lui era lì fuori.

Fatto sta che gli aveva detto quella sola frase. Poi silenzio.

Così non si poteva andare avanti.

Dopo il silenzio era arrivato il buio della sera, poi quello della notte e un filo di arietta che aveva scacciato parte della stanchezza che l'Oscar si era sentito addosso come uno zaino.

Così non si poteva andare avanti.

Vero, confermò tra sé l'Oscar, seduto sul divano.

Prima seduto.

Poi mezzo sdraiato, ma con la testa dritta.

Alla fine la testa gli cadde quasi da sola sul bracciolo.

Non aveva idea la Ilde di come l'aveva detta giusta, che così non si poteva andare avanti.

Aveva ragione.

Ma anche lui.

Avevano ragione tutti e due.

Era mai possibile una cosa del genere?

Quando ormai era notte fatta l'Oscar si addormentò per risvegliarsi di colpo che erano quasi le tre del mattino.

67.

No, non le tre.

Le due, corresse l'Oscar guardando meglio l'orologio di ceramica, marca Mercure, regalo di nozze, che stava appeso alla parete di lato al divano.

"Meno male", mormorò tra sé, pensando a quell'ora di sonno che credeva già passata e invece era ancora tutta intera.

Ma meno male perché?, si trovò a pensare subito dopo.

Meno male avrebbe potuto dirlo se avesse fatto ancora l'operaio semplice con sveglia sempre alle cinque del mattino. Allora sì che un'ora di sonno in meno contava come oro.

Ma adesso?

Adesso, nella situazione in cui era, anche se perdeva un po' di sonno poteva recuperarlo al mattino, al pomeriggio, quando voleva.

In un certo senso, era pure fortunato. Fortunato sicuramente rispetto a quelli che avevano tuttora la sveglia sul comodino che li tirava giù dal letto alle cinque o alle sei e non c'erano santi, se avevano perso un'ora di sonno peggio per loro.

Come la Ilde, gli toccò ammettere.

Che se non dormiva le sue belle otto ore filate restava gnecca per tutto il giorno.

La Ilde, che fra quattro ore avrebbe dovuto essere in piedi, pronta per uscire.

L'avrebbe salutato?
No, si rispose l'Oscar.
Gli avrebbe ancora detto che così non si poteva andare avanti?
E come si doveva fare ad andare avanti se così non si poteva?
Era semplice, rifletté l'Oscar.
La notte gli aveva portato consiglio.
Era semplicissimo.
O lui o lei.

68.

O la cucina o l'atrio.

O magari tutti e due.

Aveva una settimana di ferie a cavallo di Ferragosto. Così, a occhio, avrebbe dovuto farcela.

Tenendo conto che ci volevano sicuramente due mani di pittura su quelle pareti.

In cucina anche una in più.

Verso le tre del mattino, visto che non riusciva a dormire, con il pensiero stava già dando la prima mano di bianco. Oppure no, magari cambiava il colore.

Un bel giallino?

Ma doveva sentire il parere della moglie.

Intanto continuava a imbiancare. Non doveva neanche scendere dalla scala, perché Raffaele gli passava il pennellino per gli angoli quando ne aveva bisogno e sua moglie intanto preparava la carta sul pavimento di là per non sporcare in terra.

Per prima cosa, pensò rivoltandosi sul fianco, doveva andare a comperare biacca e pennelli.

Domani, rifletté.

La scala ce l'aveva.

69.

Per prima cosa l'Oscar si tolse le scarpe, non doveva fare il minimo rumore.

Si alzò dal divano.

Gli girava un po' la testa, ma appena appena.

Si guardò in giro, prese nota degli ostacoli, il tavolo, le sedie.

La porta della sala, per fortuna, era aperta.

Si sciolse le dita delle mani che dormendo sul divano si erano un po' intorpidite.

Poi si avviò, lentamente raggiunse la porta della camera da letto.

Fermo immobile per un minuto buono. Lasciò suonare le tre. Poi appoggiò l'orecchio alla porta.

Nessun rumore, la Ilde dormiva, non si sarebbe accorta di niente.

Riprese a camminare, raggiunse il corridoio.

La borsetta della Ilde era come sempre lì, appesa all'attaccapanni.

Dal proprio portafoglio magro magro tirò fuori la carta d'identità della moglie, senza foto, e la rimise al suo posto in quello di lei.

Poi restò immobile per qualche minuto, ascoltando: silenzio, tranne un cane che abbaiava lontano e un campanile che batté il quarto.

Chissà per quanti giorni la Ilde gli avrebbe tenuto il muso, si chiese l'Oscar tornando a sdraiarsi sul divano.

70.

Ma proprio la settimana di Ferragosto?, si lamentò sua moglie.

Aveva una settimana di ferie all'anno e voleva buttarla via a lavorare?

Senza contare il disordine, spostare i mobili, le macchie eccetera eccetera.

E poi quei muri non le sembravano così tanto sporchi!

Non li avevano mica imbiancati due anni prima?

«Tre», rispose il marito.

71.

Totale, giorni tre.
Silenzio assoluto.
Afoso come l'aria dei pomeriggi.
Anche il telefono, solidale, zitto.
Per tre giorni la Ilde non sbatté nemmeno le porte.
Ma la sera del quarto giorno la Ilde ritardò.
Mezz'ora, tre quarti d'ora.
E quando entrò in casa si capiva che era incazzata perché, *patapàm!*, sbatté la porta e l'Oscar fu quasi contento di vederla così perché era un passettino verso un ritorno alla normalità.
Allora si concesse il lusso di parlare lui per primo, rompendo il silenzio dei tre giorni con le prime parole che echeggiarono in casa.
«Cos'è successo?»
Tanto, era sicuro, non gli avrebbe risposto.
Invece sì.
Se proprio lo voleva sapere, disse la Ilde, glielo raccontava e aprisse bene le orecchie perché nella sua vita non c'era un attimo di pace, mai niente che filasse come doveva.

72.

Era metà mattina quando il padrone l'aveva chiamata nel suo ufficio e le aveva chiesto un favore: se poteva, lei e un caporeparto, farle da testimone per un atto notarile. Solo che il notaio arrivava lì in ditta verso le sei di sera. Gli dispiaceva, aveva detto il padrone, farle perdere una mezz'ora ma lo chiedeva a lei e a quel caporeparto perché loro due erano tra le poche persone che apprezzava per la discrezione e la serietà. E lui i suoi affari non voleva che finissero in piazza.

Naturalmente, se non voleva o non poteva, amici come prima.

Poteva dirgli no?

Il notaio era arrivato, puntuale come un notaio.

Lei e il caporeparto erano già nell'ufficio del padrone.

Il notaio s'era seduto alla scrivania, aveva tirato fuori le sue scartoffie e poi aveva chiesto le carte d'identità dei testimoni per registrare i dati.

Lei gli aveva dato la sua e il notaio, dopo averla guardata, aveva detto che non era valida, mancava la fotografia.

Bisognava rimandare l'atto perché la procedura non era regolare.

«Come manca la foto?» aveva chiesto lei.

«Guardi pure», aveva risposto il notaio.

Era proprio vero!

Lei s'era scusata, non sapeva immaginare cosa potesse essere successo.

«Allora io posso andare?» aveva chiesto il caporeparto.

Il padrone aveva sospirato.

«Certo, se non si può fare l'atto...»

Con una faccia!

Poi il notaio aveva detto al padrone che gli avrebbe fatto sapere per fissare un altro appuntamento.

«E mi raccomando i documenti dei testimoni», aveva aggiunto.

Il padrone si era poi rivolto a lei e le aveva detto che poteva andare.

«Grazie comunque.»

Lei era uscita dalla ditta con un magone come se l'avessero licenziata o presa a rubare qualcosa.

Cosa diavolo fosse successo alla sua carta d'identità non riusciva proprio a capirlo e comunque era inutile che lo chiedesse all'Oscar.

L'unica roba che sapeva per certo era che andava rifatta.

Non poteva rischiare un'altra figura di merda col padrone nel caso l'avesse richiamata.

«Ci vogliono tre foto», sbottò l'Oscar.

«Lo so», disse la Ilde.

Le tirò fuori dalla borsetta.

Le aveva fatte a una macchinetta vicino alla stazione, un'ora prima, mentre tornava a casa, a piedi, visto che aveva perso il pullman. Le era venuta una faccia da scema, ma in quanto a quello quasi a tutti.

Però bisognava portarle in municipio, c'erano delle carte da compilare, aspettare i comodi del sindaco che doveva firmare il documento rifatto e chissà cos'altro bisognava fare per un pezzo di carta. E poi gli uffici del comune non aprivano al pubblico prima delle nove.

La Ilde disse che avrebbe voluto evitare di fare tardi sul lavoro proprio dopo quella bella figura, che la faccia del padrone non l'avrebbe dimenticata più per un pezzo.

Se l'Oscar, domani mattina, avesse cominciato a portare in municipio quelle foto, in modo che l'impiegata avesse potuto portarsi avanti?

Poi, di lì a un paio di giorni, poteva organizzarsi lei per passare e firmare quello che doveva.

«Eh?» chiese la Ilde.

Sempre che l'impiegata, quella che faceva i gargarismi col fango, fosse stata d'accordo, pensò l'Oscar.

Poi disse sì.

La Ilde mormorò un grazie difficile, puro suono.

«Bravo», aggiunse.

L'Oscar allora chiuse gli occhi.

«Bravo Valerio», mormorò.

«Come?» chiese la Ilde.

«Niente», rispose lui.

73.

Niente.

Non gli veniva proprio.

88,2 diviso 6,4. Boh!

Raffaele stava masticando la matita da un quarto d'ora sui compiti delle vacanze.

Il papà guardava un po' le pareti ingiallite della cucina e un po' fuori dalla finestra.

Il papà in vacanza e lì in casa a quell'ora di mattina faceva strano.

La mamma era uscita da un'oretta. Aveva detto di non aspettarla perché andava dalla parrucchiera ma non aveva preso appuntamento.

A Raffaele venne un'idea.

«Posso aiutarti a pitturare?» chiese al papà.

Lui lo guardò come a soppesare quella possibilità. Dirgli che la mamma non voleva che lui tinteggiasse in quei giorni e che a lui, come sempre, toccava ubbidire?

«Forse», disse. E dopo qualche istante: «Però mi devi promettere che al fiume non ci vai più».

«Va bene», accettò Raffaele.

Tanto il papà al lido non ci andava mai, non si sarebbe accorto di niente.

«Bravo. Adesso però finisci i compiti.»

Già, i compiti...

88,2 diviso 6,4.

«13,78125», calcolò rapido il papà.

Trac!
Senza neanche scrivere.
A scuola era sempre stato un campione di aritmetica.
«Bravo papà», esclamò Raffaele.
«Grazie», rispose il papà.
«Però...» aggiunse portandosi l'indice al naso.
Zitto, eh!

Dal catalogo
Garzanti

Andrea Vitali

LA FIGLIA DEL PODESTÀ

Bellano è in gran subbuglio. Con apposita delibera, Agostino Meccia, l'autorevole podestà della cittadina affacciata sul lago, ha deciso di perseguire un progetto assai moderno e ambizioso: una linea di idrovolanti che collegherà Como, Bellano e Lugano, e darà lustro alla sua amministrazione, attirerà frotte di turisti e farà schiattare d'invidia i comuni limitrofi. Tutto sembra filare liscio, in quel placido e fascistissimo 1931. Anche se c'è un problema: per le casse di un piccolo comune l'investimento sarà enorme, e oltretutto l'idrovolante dovrà essere debitamente collaudato. E poi Renata, la figlia del podestà: fino a ieri era solo una bambina, ora è diventata così strana, non avrà mica qualche nuovo capriccio?

Dal catalogo
Garzanti

Andrea Vitali

OLIVE COMPRESE

Quattro ragazzi di paese, una banda di «imbecilli», stanno mettendo a soqquadro l'intera Bellano. Naturalmente finiscono subito nel mirino del maresciallo Ernesto Maccadò, che avverte le famiglie gettandole nel panico. A far da controcanto, la sorella di uno di loro: la piccola, pallida, tenera Filzina, segretaria perfetta che nel tempo libero si dedica alle opere di carità: ma anche lei, come altre eroine di Vitali, finirà per stupirci. Tutto intorno si muove come un coro l'intera cittadina: il prevosto e i carabinieri, il podestà e la sua stranita consorte, la filanda con i suoi dirigenti e gli operai. E la Luigina Piovati, meglio nota come l'Uselànda (ovvero l'ornitologa...); Eufrasia Sofistrà, in grado di leggere il destino suo e quello degli altri; e una vecchina svanita come una nuvoletta, che suona al pianoforte l'*Internazionale* mentre il Duce conquista il suo Impero africano...

Dal catalogo
Garzanti

Andrea Vitali

ALMENO IL CAPPELLO

Ad accogliere i viaggiatori che d'estate sbarcano sul molo di Bellano dal traghetto *Savoia,* c'è solo la scalcagnata fanfara guidata dal maestro Zaccaria Vergottini, prima cornetta e direttore. Un organico di otto elementi che fa sfigurare l'intero paese, anche se nel gruppetto svetta il virtuoso del bombardino, Lindo Nasazzi, fresco vedovo alle prese con la giovane e robusta seconda moglie Noemi.
Per dare alla città una banda come si deve ci vuole un uomo di polso, un visionario che sappia però districarsi nelle trame e nelle inerzie della politica e della burocrazia.
Un insieme di imprevedibili circostanze può forse portare verso Bellano il ragionier Onorato Geminazzi, che vive sull'altra sponda del lago, a Menaggio, e con lui la speranza di fondare finalmente il Corpo Musicale Bellanese.

Dal catalogo

Garzanti

Andrea Vitali

ZIA ANTONIA SAPEVA DI MENTA

«Aglio, cipolle, rape, ravanelli e porri sono verdure indigeste che non diamo mai agli ospiti della casa!» Suor Speranza ne è sicura: nel minestrone che ha distribuito ai pazienti della Casa di Riposo di Bellano l'aglio non l'ha fatto mettere di sicuro. Allora come mai Ernesto Cervicati, entrando nella stanza di zia Antonia, ha sentito quell'odore, invece dell'aroma in confondibile e fresco della menta? Ernesto conosce bene il rassicurante profumo delle mentine di cui è golosa la sua anziana parente. Certo meglio di suo fratello Antonio, che della zia non ha mai voluto saperne: gli interessava molto di più Augusta Peretti, una trentacinquenne ossigenata e vogliosa. Quel sorprendente odore d'aglio è un piccolo enigma. Forse è l'indizio di qualcosa di più grave. A indagare, oltre a Ernesto e all'energica suor Speranza, si ritrova anche il dottor Fastelli, medico dal carattere gioviale ma di grande sensibilità.

Dal catalogo
Garzanti

Andrea Vitali

GALEOTTO FU IL COLLIER

Lidio Cerevelli è figlio unico di madre vedova. Un bravo ragazzo, finché alla festa organizzata al Circolo della Vela non arriva Helga: bella, disinibita e abbastanza ubriaca. Prima che finisca la cena, sono in riva al lago: una notte indimenticabile. Lirica, la severa madre di Lidio, abile e ricca imprenditrice dell'edilizia, ha vedute molto diverse. Suo figlio deve trovare una moglie «made in Italy», una ragazza come si deve. Ma forse Lidio ha trovato il modo per uscire dalla trappola e realizzare tutti i suoi sogni: durante un sopralluogo per un lavoro di ristrutturazione, in un muro maestro scova un gruzzolo di monete d'oro, nascosto chissà da chi e chissà quando. Sono l'assicurazione per un futuro radioso o l'inizio di un mare di guai?

Dal catalogo

Garzanti

Andrea Vitali

REGALO DI NOZZE

Ercole Correnti ha ventinove anni, tra qualche giorno si dovrà sposare. In una calda domenica d'agosto, mentre sta andando a pranzo dalla mamma, sul lungolago vede una Fiat 600 bianca. È proprio uguale alla macchina sulla quale da piccolo aveva fatto il primo viaggio della sua vita. Con mamma Assunta, papà Amedeo e soprattutto lo zio Pinuccio... Indimenticabile, quella gita. Come era indimenticabile lo zio Pinuccio. Insuperabile cacciaballe, raccontava di essere mediatore d'affari per i grandi produttori di seta del comasco e se ne inventava d'ogni genere. Sapeva affascinare qualunque femmina gli capitasse a tiro.Solo dopo vent'anni Ercole riuscirà a scoprire i retroscena di quella che per lui bambino era stata una meravigliosa avventura, e che per il lettore è un viaggio negli anni del boom: quando la prima utilitaria era una grande conquista, e vedere il mare per la prima volta era un'emozione travolgente.

Dal catalogo
Garzanti

Andrea Vitali

UN BEL SOGNO D'AMORE

Bellano, febbraio 1973: gira voce che presso il cinema della Casa del Popolo verrà proiettato *Ultimo tango a Parigi*. In paese si scatena una guerra senza frontiere tra gli impazienti che fantasticano sulle vertiginose scene di nudo che ci si aspetta di vedere sullo schermo e coloro che pretendono di evitare una simile depravazione, e snocciolano rosari a raffica. I tempi però sono cambiati e nulla può fermare il «progresso», né intralciare gli affari di Idolo Geppi, gestore del cinema, che ha già provveduto a maggiorare i prezzi dei biglietti. Anche Adelaide, giovane e volitiva operaia del cotonificio, vuole approfittare dell'occasione. Mette con le spalle al muro Alfredo, il fidanzato eternamente indeciso: o la porterà al cinema o lei ci andrà lo stesso, magari con Ernesto, che le ha già messo gli occhi addosso e che a lei non dispiace neanche un po', per quanto sia una testa matta e finirà presto per mettersi nei guai.

Finito di stampare nel mese di ottobre 2013
da Grafica Veneta s.p.a., Trebaseleghe (PD)